二〇二一年
コロナの日々に

短歌の〈今〉を読む

久我田鶴子 著

砂子屋書房

短歌の〈今〉を読む　＊目次

装本・倉本　修

短歌の〈今〉を読む——二〇二一年、コロナの日々に

産めば歌も変わるよと言いしひとびとをわれはゆるさず陶器のごとく

大森静佳（「短歌研究」二〇二〇年一月号）

ここにある、火を噴くような怒りと悲しみ。はじめて読んだ時から胸に突き刺さってきた歌だ。「産めば歌も変わるよ」とは、私が言われたかもしれない言葉だ。結婚も出産も、女にとってはそれまでの人生をひっくり返されるような出来事で、覚悟が要る。殊に、出産に関しては女であるがゆえの悩み方をしてきた。時代が進めば無くなるという悩みではない。今の若い人たちにも変わらずにある悩みであった。そんなことにも気がまわらず、ぼやっとしていた私は大馬鹿者であった。

いくら時代が変わっても、女が直面することに変わりはない。それぞれがひとりに立ち返って、身体ごと向き合わなければならない現実。「産めば歌も変わるよ」は、誰がどういう場で言った言葉だったかと想像してみる。作歌の行き詰まりの打開策として、安易に出産を口にしたものか。出産に年齢的な限界があるのを気遣って、歌のことにまで及んだものか。言葉を発した人に悪意など無く、ただ相手のためを思ってというのであれば、いっそう始末が悪いということもある。言われた側は、怒りや悲しみの矛先を向けようがない。

だが、この歌は、言った人々（一人ではない）を「われはゆるさず」と言い切っている。抑えに抑えたものを、ついに吐き出したという強さがある。しかも、「陶器のごとく」である。磁器ではなく、陶器。火をかいくぐり、ざらざらとした肌合いを残した焼き物の強さ。そこに、どっしりとした古代の土偶、いや、火炎土器のような立ち姿が浮かんできた。

担当することになった「日々のクオリア」の第一回目をこの歌にしようと少し前から決めていたのだが、折も折、朝日新聞の鷲田清一の「折々のことば」（二〇二〇年十二月二十日付）に大森静佳歌集『てのひらを燃やす』のあとがきから、次の言葉が紹介されていた。

幼い頃から、怒りや悔しさが兆すとどういうわけか
心より先にまずてのひらの芯が痛んだ　　大森静佳

そうだったんだ。この歌についても、「怒りや悲しみ」と書いたが、「怒りや悔しさ」とした方が本人の気持ちには近かったかもしれない。

2021/01/04

君が死を聞きし夜より通夜までの四日間吾に経血のあり

玉井綾子（「短歌往来」二〇二〇年一二月号）

人の死に対して、感情や言葉よりも前に、身体がまず反応してしまう。訃報から通夜までの四日間、流れ続けた経血。それは、受けた衝撃の大きさの現れである。自らの意志とは関わりもなく、女としての身体が反応している。女の身体の仕組みの不思議さを思わせるとともに、なにか痛ましいような感じもする。

一首は、ただ事実だけを伝えるというかのように淡々と詠まれているが、初句「君が死を」に籠められた力はどうだ。普通なら「君の死」と言い、「死」の方が強調されるところを、「君が死」と言うことで、「君」の方が強調されている。ほかでもない「君」が死んでしまったのだから、そのショックたるや並々ではない。

通夜に行く地下鉄車内に目を閉じてレールのビートに君をたぐらん
「ワン、ツッ、」の君のカウント収まりしＴＤＫのカセットテープ
ドリアンのような大学生活や三十年経てよみがえる臭気

「ひょうたん」十三首の一連の中にはこういう歌もあった。

亡くなった「君」というのは、大学時代のバンド仲間であったらしい。「TDKのカセットテープ」というのが、今では懐かしく、〈時代〉を感じさせる。カセットテープを再生すれば、バンドをリードしていた「君」の声は当時のままなのに、もうその「君」はこの世にはいない。それを自分の中で納得するには、時間がかかったことだろう。青春時代の仲間たちとの濃厚な時間が、三十年という歳月を経て、コロナ禍の中で巻き戻される。それも、「君が死」がもたらしたものであった。

2021/01/06

童貞に向けられている放送を処女の私はひっそりと聴く

川島結佳子『感傷ストーブ』(短歌研究社、二〇一九年)

一首のつくりは平たいが、いきなり「童貞」とか「処女」ときては、ちょっとたじろいでしまうかもしれない。だが、作者は言葉によって驚かそうとしているのではない。

童貞に向けられている放送はあっても、処女に向けられている放送があるのかどうか。たぶん無いのだろう。だから、「処女の私」は、「童貞に向けられている放送を」「ひっそりと聴く」ほかはない。

「童貞」も「処女」も、セックス未経験者ということでは同じはずだ。だが、そのことをオープンにして笑いに落とすことは、「童貞」には出来ても「処女」にはまだまだハードルが高いようだ。作者には「処女の私」を疎む気持ちがどこかにあるのだろう。そんなことは笑い飛ばして、なんでもないと言ってしまいたいのかもしれない。

　それにしても、「童貞の誰か」に出来ることが、何故「処女の私」には出来ないのか。男女の違いは、こんなところでも意識させられることであった。

　だからといって、ここで作者は異議を申し立てているわけではない。自らの置かれている位置を、まさに「ひっそりと」歌にしてみた、といった風情である。そこに何を感じとるかは、読み手に委ねられている。

「童貞」や「処女」といった言葉にたじろいでいる場合ではない。その先に見えてくるのは、ただ〈女〉であるというだけで受ける理不尽に対して静かにたたずむ者の姿だ。

　そして、歌集の終わりの方には、自らが出した結論のような歌が並ぶ。

「ねぇセックス、してくれないかな」と私言うお冷の氷からから揺らし

進化だと君は言うのだ尾てい骨さすり階段おりる私に

うん。何も変わっていない私は悩む処女から悩む非処女へ

　ギャグにして何でもなかったと言いたいのかもしれないが、笑いながら血を流しているように私には見えてしまった。黙って抱きしめてやりたいくらいだ。

2021/01/08

この沼の底に冥府はあるならむ「はや舟に乗れ、日も暮れぬ」の声

水上比呂美『青曼珠沙華』（柊書房、二〇二〇年）

暗いところを覗き込む。見えない底を見ようとする。それは、人間が持っている習性なのかもしれない。

この歌で覗き込んでいる沼も底が見えない。見えないけれど、この沼の底に冥府はあるだろうという。それは、なにやら確信に近いような想像である。「冥府」は「冥土」、死者の霊魂が行く世界だ。沼を覗きながら、深く〈死〉に接近する。こういう時間は危険だ。〈死〉に引き込まれてしまうかもしれない。

そこに聞こえる声。

「はや舟に乗れ、日も暮れぬ」は、『伊勢物語』の「東下り」で、都を離れて隅田川まではるばるやって来た在原業平の一行が〝限りなく遠くも来にけるかな〟と嘆いているところに渡し守が言った言葉である。「はやく舟に乗りなさい、日も暮れてしまいましたよ」という渡し守の言葉は、川のほとりで都や都に残してきた人を思っては嘆いていた一行を現実に引き戻す契機になったことだろう。

その声が今、沼を覗き込んでいる者の上にも聞こえてくる。ここでも「はや舟に乗れ、日も暮れぬ」は、〈死〉に引き込まれそうになっていた者を現実に引き戻す契機になったのかもしれない。

あるいは、三途の川の渡し守の声と聞こえたか。もしそうであったなら、いよいよ〈死〉の世界

に誘い込まれてしまいそうだが……。

物語の世界と交錯しながら、歌はこちらの想像力を引き出し、そこでしばらく遊ばせてくれるようである。

2021/01/11

月かげを背後（そびら）に溜めてなかぞらを量感すごき五月のむら雲

島田修三『露台亭夜曲』（角川書店、二〇二〇年）

一首が溜め込んでいる力。行き場のない感情が塊となっているようだ。一首がそのまま「量感すごき五月のむら雲」であるかのように。

この歌で、動詞は「溜め」の一つだけ。「溜めて」と使われているのだから、「むら雲のあり」とでもして受けなければならなそうなのに、結句は「むら雲」と体言止めになっている。その一語で、ぐいと一首を押しとどめている態（てい）である。切れもないまま、一首は球体のようになり、力が溜め込まれている。

時は、五月。月光を背後に溜めているのだから、夜だ。中空には、むら雲。その、塊をなす雲は、月光を背後に溜め、その量感たるや、ぞっとするほどだという。

この歌の前には、「小高賢をしのぶ会より連れ立ちて柳宣宏と帰る互ひの日々へと」が置かれている。まるで詞書のような一首で、セットで読むべき歌なのだと思う。小高賢をしのぶ会の帰りに、見上げた夜空。そこに見えた雲の様。行き場のない感情が塊となって、と感じられたのも、なお受け容れがたいものとして小高の死があったところから来ているのだろう。

「なかぞら」は、どちらとも定まらないところ、それは彼岸と此岸の交じり合っているところでもある。雲の背後に感じられる月の存在は、死者がなおそこに留まっていることを思わせる。「量感すごき」が孕んでいる不穏な空気は半端ではない。死者が今にも現れそうな恐ろしさである。

その年の二月十日、小高さんの死はあまりに突然であった。本人にも自分が死んだとは受け容れがたいだろうと思われるほどに。しのぶ会が開かれたのは五月。その死から三ヶ月が経っていたが、偲ぶと言うにはまだ生々しく小高さんは存在していた。それは、しのぶ会に参加した多くの人が感じていたことだったかもしれない。それに、五月だ。青葉繁る、生命力にあふれた季節にあって、中空をただよう魂は、いっそう〈生〉の側にとどまろうとしていたかもしれない。

受け容れがたい〈死〉の前に、死者が見せた景。生き残った者が見てしまった景。繰り返し読んでいると、歌は呪文のように響き、やがて祈りへと変わっていくようだ。

2021/01/13

読むべき本すでに読みつと言ひて子は図書室登校やめてしまへり

大口玲子『自由』（書肆侃侃房、二〇二〇年）

「見るべき程の事は見つ」と言って、壇ノ浦に身を沈めたのは平知盛だが、その言葉を彷彿とさせるような「読むべき本すでに読みつ」である。この言葉を発しているのは、十歳ほどの小学生の息子だ。そう言った後、図書室登校をやめてしまったという。

知盛にあった強い断念と死の覚悟。この小学生の言葉にも、自分から見限っていく強さがある。小学校の図書室はもう卒業だ、そこに自分が求めるものはもうない、と。

学校には自由がないと子が言へり卵かけご飯かきまぜながら
生きのびる自由を捨てて餓死刑を選びしコルベ神父の自由

「学校には自由がない」と言う子に対して、母親は改めて自由とは何かを考え、アウシュビッツにあって自ら餓死刑を選んだコルベ神父の自由に思い至る。息子の不登校に辛抱強く伴走しながら、母親もまたそこで真剣に考えている。それは、不登校を選択した息子を理解しようというところからくるのかもしれないが、それ以上にこの母親は息子を深く信頼しているように思われる。この子なら大丈夫、自ら道を切り開いていくにちがいない、と。

息子の言葉を「読むべき本すでに読みつ」と平知盛の台詞風にしたのも、息子の中に平家の公達のような凜々しい姿を見てとったからではなかったか。深刻に悩み、落ち込むこともある現実からも、知盛風の台詞が救い出してくれているように見える。古典の力は侮れない。

夜の更けのつらつらつばきつらつらに燃料プールを見たりし記憶
きみがため秋のクレソン買はむとし霧深き朝の自転車をこぐ

こういう歌を読むときにも、古典の素養が深刻さを抱えた現実にほんの少し浮力をつける、そんな効用があるように思われる。

2021/01/15

雪道にぽつりと落ちている松の小枝の緑なまいきである

北山あさひ『崖にて』（現代短歌社、二〇二〇年）

雪道を歩いてきた〈私〉の目の前にぽつりと落ちている松の小枝。雪の白に映える松の小枝の緑。四句目までは色のコントラストが印象的な情景描写と思われたが、結句に来て「なまいきである」

とは、いきなりの感情の発露に驚く。しかも、その生な言い方のパンチ力。なかなかのものだ。こちらが言われたかのようにハッとさせられる。

で、歌にもどって、何をもって「なまいき」だと言っているのだろう。相手は、雪道に落ちている松の小枝である。

「ぽつりと」という存在の仕方か。小さな枝にすぎないのに、圧倒的な〈白〉のなかに紛れようもなく〈緑〉を主張していることか。他から切り離されて、たった一つで、周囲に紛れることなく〈在る〉松の小枝。見ている側には軽い妬みのような感情が生じているのかもしれない。その感情が「なまいきである」と言わせているのかもしれない。

色彩にばかり目を奪われていると、今度は嗅覚に松独特の香りがくる。冷えた空気に浄化された鼻の奥まで届いた松の香は、清冽そのものだ。宮沢賢治なら「ターペンティン」と言うところだろう。（注・『春と修羅』の中の「松の針」に出てくる）

もう一つ冬の歌を。

夕暮れの空をがりがり引っ掻いてポプラが呼んでいる雪嵐

ポプラは、すっと空に向かって伸びる木だ。夏は細い枝に菱形の葉をひらひらさせているが、秋の終わりには葉をすっかり落として裸になってしまう。この歌で夕暮れの空をがりがり引っ掻いているのは、そんなポプラだ。夕暮れ、吹きつのる風にポプラは裸の枝を大きく揺すっている。この分では、夜には吹雪になるにちがいない。そう思わせる揺れ方だ。

「空をがりがり引っ掻いて」「呼んでいる」と、ポプラの木を主体にしたことで、一首が引き寄せる物語世界。イーハトーブの更に北の大地には、こんなポプラが立っていて、夕暮れの空をがりがり引っ掻いては雪嵐を呼んでいる……。いいぞ、いいぞ。ムソルグスキーの「はげ山の一夜」でも聞こえてきそうだ。

2021/01/18

春は花の磔（はりつけ）にして木蓮は天へましろき杯を捧げつ

川野芽生『Lilith』（書肆侃侃房、二〇二〇年）

「はるは」「はなの」と、「は」の繰り返しにうっとりしかかったが、次なる「は」は「はりつけ」だった。空気が一変する。「はりつけ」とは穏やかでない。

花の少ない冬が終わり春ともなれば、咲き出した花を人々が愛でる。花見にも出かける。だが、花は見られるために咲いているのではない。花にとって人々に見られるとはどういうことか。自らは動くことができず、そこにあって見られるだけのものであることは、磔にされているのと変わらない。花見の季節というのは、花にとっては残酷な季節なのかもしれない。

「磔」という言葉から連想するのは、イエスの十字架上の刑死である。あるいは、信仰を守りぬいた殉教者の姿。花を噴き上げる一本の白木蓮の姿が、そこともリンクしてゆく。

そして、ひとつひとつの花へと目をやれば、天へ真っ白な杯を捧げているように見える。ひとつひとつの花は、そのひとつひとつが天への捧げ物である。「捧げつ」という助動詞の使い方を見ると、そこに木蓮の意志を作者は見ているようだ。誰かに命令されてというのではなく、木蓮が自らの意志で花を咲かせている、と。

衆目にさらされ、磔にされているように見えながらも、花は自らの意志で咲いている。天に向かって、自らを捧げ物のようにして咲いている。白木蓮の花の盛りは短い。その短い時間を精いっぱいに、杯のような白い花を天へと捧げるのである。

葩(はなびら)は花にはぐれてゆくものを夢(いめ)ゆ取り零されし残月

「はなびらは」「はなに」「はぐれて」と、この歌でも「は」が繰り返されているが、こちらは散りゆく花の寂しさに素直である。散りゆく花の思いに目を上げると、空には残月が夢から取り零されたように浮かんでいる。春の明け方の、まだ夢の中にいるようなぼんやりとした気分がたゆたう。「夢」を「いめ」と、ことさら古い読みにし、つづきの助詞もことさら古い「ゆ」を用いているところ。古(いにしえ)の人と繋がる心のさまを意識しているのであろう。

2021/01/20

午前五時とほき林に鳴き出づる蟬ありて空を水ながれ初む

桑原正紀『秋夜吟』（青磁社、二〇一九年）

夏の早朝、遠くの林で鳴きはじめた蟬。午前五時では、蜩だろうか。遠くの蟬の声に耳を澄ましながら、空を水が流れはじめたと感じている。実際には、さっと涼しい風でも吹いて、朝の湿り気を含んだ空気の流れが目に見えたように感じられたのかもしれない。

夏の朝のしっとりとした空気感が心地良い。こんな朝は、人を詩人にする。なにか、大人になる前の感覚も蘇ってくるようだ。妙に懐かしくもある。

四句の「蟬ありて空を」の響き。軽く弾みながら、結句の「水ながれ初む」をたっぷりとしたものにしている。一首を読み終わった後に残る余韻も心地良い。

夏は朝　わきてしののめ　鴇色にみづの粒子のほそくたなびき

同じページに並ぶ一首である。

「夏は朝　わきてしののめ」、この言葉のテンポは、よく知っている。「夏はよる。月の頃はさらなり」、清少納言の『枕草子』だ。作者は『枕草子』を踏まえながら、その向こうを張って、「夏は朝」と打ち出しているのである。

清少納言は「夏は夜」と言ったけれど、いやいや「夏は朝」でしょ。それも、とりわけ良いのは「しののめ」でしょ、と。「しののめ」は、漢字で書けば「東雲」。あけがた、あけぼのを言う。では、「夏はあけぼの」と言ったのと同じではないか。

「春はあけぼの。やうやうしろくなり行く、山ぎはすこしあかりて、むらさきだちたる雲のほそくたなびきたる。」

教科書でもお馴染みの、『枕草子』の冒頭部分である。「むらさき」があり、「ほそくたなびき」がある。なるほど。一首は、この部分をアレンジしているのだ。「むらさき」を「鴇色」に変えて。さらには、「雲」と言わずに「みづの粒子」と、清少納言は知らなかったかもしれない知識を詩的な言葉に換えて。「雲」は「しののめ」の中にも潜ませて。

ここまで遊んでくれたか。この遊びからは、この夏の朝の、作者の気分の良さがストレートに伝わってくる。そして、こちらまで楽しい気分になるのは、そこに作者の実感が生き生きと息づいているからにちがいない。

2021/01/22

たくさんの目が見ひらいてゐると思ふシンクに水を細くこぼせば

梶原さい子『ナラティブ』（砂子屋書房、二〇二〇年）

台所仕事に立ち、水道の蛇口を開くか、ボウルか何かに溜めた水をこぼしたのだろう。それにしても、シンクに水を細くこぼすと、たくさんの目が見ひらいていると思うとは、一体どういうことなのだろう。

作者の産土（うぶすな）の地は、宮城県の気仙沼である。東日本大震災の津波により、作者の見知っている人もたくさん亡くなったことだろう。この一首は、二〇一七年の作だが、大震災から六年経っても生々しく、作者の中には〈あの日〉がある。シンクにこぼした水を見て、そこにたくさんの見開いたままの目が見えてしまうのも、〈あの日〉が過去になりきってはいない証拠だろう。

津波に一度に呑み込まれ死んだ者たちの目は、なお見ひらかれている。閉じることのない目は、この世に向けられている。自らの死に戦（おのの）きながら、いまだそれを受け容れられずにいる。そして、この「たくさんの目」は、作者には〈あの人〉〈この人〉と具体的に名前を挙げることのできる人たちの目であるのかもしれない。作者はその目と向き合っている。幻視というには、あまりに生々しい。宥めてやらなければならない魂が、まだそこにあるのだ。

大鍋をたぎらせてをり瞬きをせぬものたちのその目を茹でる

大鍋をたぎらせて、「瞬きをせぬものたちのその目を茹でる」。その行為を想像すると、なにやら恐ろしくもあるが、たぶんこれは魂鎮（たましず）めのおこないだ。宥めてやらなければならない魂をたぎる湯に潜らせることによって、あちら側へ送ろうというのだろう。

湯立（ゆだて）ということがある。神前で湯を沸かし、巫女がその熱湯に笹の葉を浸して、人々に振りかけて浄めるというものだ。そう言えば、作者の実家は、気仙沼市唐桑町にある由緒正しき早馬神社であった。

2021/01/25

ねえちゃんは帰れ分がンね奴は帰れとぞ言はれつつわが併走す

高木佳子『玄牝』（砂子屋書房、二〇二〇年）

「ねえちゃんは帰れ」「分がンね奴は帰れ」と言われつつも、そう言う人たちと私は併走するのだと、顔を上げて前を向いている作者がいる。だが、この一首だけでは、少し状況が摑みにくいかもしれない。

前後の歌を何首か挙げてみる。

復興の約定としてガントリー・クレーン荷役をしをり小名浜港に

使ひすて以前以後なる男らの幾たりがこの港湾にゐる

幟なく旗なくてゆく　行進のさきにおのれの拳掲げて

復興に繋る樹下へと棄てられし無数の夫・父・兄そして弟

小名浜港は、福島県いわき市南東部に位置する。江戸時代は漁港として栄え、その後は石炭の積み出し港として発展した。東日本大震災では、津波により被災。その小名浜港の被災後の港湾労働者たちを詠っている。（いわき市は作者の地元である。）

三首目の歌には、「被災を利用した理不尽な解雇攻撃を許すな」という詞書がある。被災地において、復興の名のもとに、いいように使い捨てにされてゆく男たち。彼らが今、不当解雇に抗議の声を挙げて行進しているのだ。

「ねえちゃんは帰れ」「分がンね奴は帰れ」は、その男たちから作者に向けられた言葉である。「ねえちゃん」「分がンね奴」は分断の言葉だが、作者はその言葉に負けてはいない。いや、私は帰らない、あなた達と併走する、と心で言い返す。

東日本大震災、更に、その後の原発事故は、被災地の中にもさまざまな分断を生んだ。歌集の中に登場する、訴訟の中にあって憤りが人を生かしめている姿、補償金に目を輝かせる人、外から煽動する人や怒りさえ強いてくる人等々。被災地におけるさまざまな人間を描き出しながら、作者は冷静に前を向いてものを考え、分断を越えてその先に希望を見いだそうとしている。この一首でも、男たちの言う「ねえちゃん」や「分がンね奴」をやんわりと受けとめつつ、そこにある問題を共有しようとし、共に立ち向かおうとしているのだ。

それにしても、「復興」の名のもとに動く巨額の金。被災地の「復興」が、人間を食い物にし、使い捨ててゆく、この現実。「復興」による甘い汁を吸っているのもまた、どこかの誰か、つまりは人間がしていることであるという、この現実。

2021/01/27

押し入れの天袋に入り朝までを水から逃れしと人はまた笑む

小林真代「３２９９日目——東日本大震災から九年を詠む」（塔短歌会・東北、二〇二〇年）

作者は、福島県いわき市在住。

二〇一九年秋の台風は、いわき市を流れる川を氾濫させ、死者まで出す被害をもたらした。この一首は、そのとき天袋に逃れて一夜を凌いだ人のことを詠っている。人はこういうときにも笑うものなのだ。

放射性物質でも地震でもなく予報されつつ来る台風は
ふにやふにやの畳が泳いでゐたつけと笑ふ床上浸水の人

台風ならば、予報されて来る。放射性物質や地震は、予報されることなく、突然やって来た。台風で大きな被害に遭いながらも、どうしても東日本大震災と比べてしまう暮らしがここにはある。「未曾有」と言われた災害に遭っても、それが最後ということはなく、何度でも災害は襲ってくる。床上浸水になっても、ふにゃふにゃの畳が泳いでいたと笑って言う人。押し入れの天袋に入って水から逃れたと笑ってみせた人と同じ人なのだろう。だから、一首には「また笑む」とある。死ぬかも知れないというところから命拾いした人の、ほっとした気持ちが、いつもより饒舌にもさせているにちがいない。何度も笑っては、生き延びたことを確認しているのでもあろう。そして、作者には、その人の思いが痛いほどに分かっているのだろう。

苦しいときも、辛いときも笑えばいい。どんなに弱々しい笑いであっても、笑うことができればなんとか生きられる。

作者は、歌に添えたエッセイの終わりに次のように書いている。「これ以上ひどいことがないようにと、あれからずっと願ってきたが、ひどいことは何度でも起こるのだ。それでもそこから生き延びた経験が、次の難しい状況をまた乗り越えてゆく力になるのなら。」と。新型コロナウイルスの猛威にさらされている状況をも視野に入れての言葉であった。

2021/01/29

図書館はとてもしずかで子供なりの小声がおしっこと言っている

工藤吉生『世界で一番すばらしい俺』（短歌研究社、二〇二〇年）

図書館はだいたい静かなところだが、「とてもしずかで」と言うからには、しーんと静まりかえっているのだろう。

そこに子供の声。「おしっこ」と言っている。たぶん一緒に来ている母親か誰かにトイレに行きたいと訴えているのだ。「おしっこ」という言い方から伝わる幼さ。けれども、発せられているのは「子供なりの小声」である。「子供なりの」というところに立ち止まる。幼いながらも、この子は周囲への気遣いをしているのだな、と作者は感じたのだろう。

すでに場をわきまえるということを知っている子供。そういう子が発した「おしっこ」という言葉の幼さ。このギャップがいっそうその子を、その場の情景を、健気で愛おしく感じさせる。場所が静かな図書館であったにしても、作者は良い耳をもっている人だ。

東京に行って頑張りたいなどと聞こえるベンチにまどろんでゆく

この歌でも、作者は聞くともなく聞いているのである。

「東京に行って頑張りたい」などと話しているのは誰だろう。その話を聞いている相手もそこにいるにちがいない。だが、作者はその人たちの姿を見てはいない。耳に入ってくる話を聞いているだけだ。そして、ベンチにまどろんでゆくのである。なにか夢見心地に聞いている話。正体不明の誰かの話。

姿を見ているわけではないのだから、人間でないということも大いにあり得る。風か何かの話としてもいい。あるいは、田舎のネズミが都会に出る算段をしていたとか。

作者の穏やかな気持ちが伝わってくる。気持ちがわさわさ騒がしいときには、静かに誰かの声や言葉が耳に入ってくることはないものだ。一首の創り出す静かな広がりに、気づけば、いつの間にか読者も引き込まれている。

2021/02/01

噴水を見て立ちながら初恋の歯ならびもいまはまだおぼえてる

阿波野巧也『ビギナーズラック』(左右社、二〇二〇年)

座って噴水を見ながら思い浮かべていたのは、初恋の人のことだったのだろう。笑顔の素敵な人だったのかもしれない。歯並びが印象的な。

それにしても、「初恋の歯ならび」という表現には、ちょっとびっくりする。初恋自体の比喩のようでもあり、「はつこいの」「はならびも」と、「は」音を明るく刻んでいるあたりからは、相手の人の整った歯並びというだけでなく、前歯が大きかったとか、八重歯が可愛かったとかなのかなと、勝手な想像が広がる。

そこにつづく「いまはまだおぼえてる」は、意味深長だ。「立ちながら」のこの時間の「いま」はまだ、ということだろうから、この後のことは分からない。歩きだした途端に忘れてしまうのかもしれない。いや、むしろそうであることを願っているのかもしれない。いつまでも初恋を引きずっているわけにはいかない。思い切って、歩きださねば、と。

噴水を見て、立ち上がる。立つという動作をしている〈今〉。今ならば、初恋の人の歯並びもまだ覚えている。

でも、もうここから歩きださなければ。そういう時が来たのだ。

ところで、この歌集の中には、「噴水」が織り込まれるように繰り返し出てくる。この一首の前に、四首。

噴水がきらきら喘ぐ　了解ですみたいなメールをたくさん送る
噴水が水をひかりにひらきゆく　裸体をおもいえがいてしまう
噴水をかたむけながら吹いている風、なんどでもぼくはまちがう
公園でタバコの高校生たちと噴水の明るさを見ていた

歌集が描きだす物語の重要な場所としての「噴水」。噴水の傍らで、青年は一人になり、相手への思いを噴き上げてきたのかもしれない。だが、もう恋は終わりなのか。恋の行方は明らかではないが、どうやらこれまでとは違ったものになりそうだ。青年の立ち上がった姿に頼もしさがうかがえるのは、「いまはまだ」が逆説的に働いているからだろう。

2021/02/03

思うひとなければ雪はこんなにも空のとおくを見せて降るんだ

小島なお『展開図』(柊書房、二〇二〇年)

恋は終わったようである。

雪空を見上げて、初めて気づいたかのような呟き。思う人がいたときには、その人のことばかり気になって、雪が降っても雪の降ってくる空を見上げることなんてなかったのだろう。

一首は、心の中に生じた思いをすうっと吐き出したようで、澄んだ寂しさが漂う。

思うひと／なければ雪は／こんなにも／空のとおくを／見せて降るんだ

五・七・五・七・七に区切って見たとき、二句目の「なければ雪は」の接続助詞から主語への繋がり、さらに三句目の「こんなにも」という深い吐息を思わせる言葉への続き具合が、なんとも絶妙である。そして、下の句の「空のとおくを見せて降るんだ」の、自身の内側で納得していく様子。「空の深く」でもなく、「空の奥」でもなく、「空のとおく」と表現したところ、思いがはるばると遥か彼方へと放たれてゆくのが感じられる。「とおく」というひらがな表記もいい。

あらためて、表記のうえから一首を眺めてみると、漢字とひらがなのバランスがよくて、ふっくらとできていることにも気づく。「澄んだ寂しさ」と感じたのには、この表記上のことも影響していそうだ。

仰向けで空想すればなかぞらの飛び込み台から落ちてくるきみ

これはまた爽快な！

和泉式部なら「つれづれと空ぞ見らるる思ふ人天くだり来むものならなくに」と詠んだところを、現代の作者はこのように詠む。空を仰ぎながら、「落ちてくるきみ」を受け止める感覚か。そこにスパークするものがある。

「飛び込み台」ということから、すぐさま古賀春江の絵（「海」）を連想したのだが、その絵を確認してみたら私が勝手にイメージしていたのとは違って、飛び込み台に立つ人は「なかぞら」にはいなかった。画面の右側にけっこう大きく描かれていて、あらまあ、そうだったか、という感じ。思い込みには気をつけねば。これは余談であるけれど、シュールな絵を見るような一首でもあった。

2021/02/05

さきがけてきぶしの花の咲くころは道ゆくをんなのひともまぶしい

柳　宣宏『丈六』（砂子屋書房、二〇二〇年）

きぶしの花は、春に先駆けて咲く。葉のまだ出ない枝先に、淡黄色の房状の花をいくつも下げるさまは愛らしく、初々しい舞妓の簪（かんざし）のようでもある。

早春の陽差しを浴びて、きぶしの花の咲く頃は、いわゆる「光の春」と呼ばれる頃。そういう頃であればこそ、道ゆく「をんなのひともまぶしい」のである。

冬用の分厚いコートから春物のコートに、服装は軽やかに、色合いも明るく。足どりも春を感じていくぶん弾んでいるかもしれない。春の喜びを道ゆく女性の姿にも見てとった作者だ。

それにしても、「をんなのひと」という表現。ひらがな表記されたところに、柔らかな肉体（ボディ）が見えるようだ。そして、見る者の羞じらいのようなものが、引き出す「まぶしい」。

「まぶしい」は、春に先駆けて咲く「きぶしの花」と「をんなのひと」との共通項である。

上の句では「さきがけてきぶしの花の咲くころは」と、助詞「は」を用いて他と区別して取り出しつつ、下の句では「道ゆくをんなのひともまぶしい」と、助詞「も」を用いて、まぶしいのは「をんなのひと」だけではない（「きぶしの花」も、あるいはもっと他にも）ことを示して和らげているあたり、なかなか巧妙と言うべきか。すっきりとやわらかな早春の歌になっている。

「それくらいやってください」ぅら若き花歩先生は夏の涼かぜ

この歌の花歩先生は、作者の娘くらいの年齢か、あるいはもぅ少し若いのかもしれない。そんな年下の同僚に叱られているのである。でも、なんだか嬉しそう。「夏の涼かぜ」ですから。きっぱりとした言葉に、自信をもって仕事をしている頼もしさを見たのだろう。叱られちゃったよと頭を掻きながらも、後輩の成長ぶりを見守っている余裕がそこにはあるようだ。何でも言いやすい先輩として、後輩からも慕われている存在であるにちがいない。

2021/02/08

生活のとある日の暮れハクモクレンのをはりの花がことりと散りぬ

小池　光『梨の花』（現代短歌社、二〇一九年）

特別なことがあるわけでもない、ごく普通の日々の中の「とある日」。日が暮れて、ハクモクレンの終わりの花がことりと散りました。一首は、春の日暮れの情景を切り取ったかに見える。だが、「生活のとある日の暮れ」なんて、ふつう言うだろうか。初句に「生活の」だなんて、大づかみで、人を食った表現と思われなくもない。

「とある日」も、それは何時（いつ）なんだ、と厳格な人なら突っこむところだろう。「ある日」と言うよりも更に、とぼけた感じがする。ま、そんなのはどうでもいいことなんだけどね、そんな日があったんですよ、とでも言っているような力の抜き具合。

白木蓮の終わりの花が散ったなどということは、大方の人にとってはどうでもいいことだろう。そして、そんなことはたぶん重々承知の作者である。

あらためて、三句目以降を見てみると、三句は「ハクモクレンの」と七音になっている。しかも「ハクモクレン」とカタカナ表記。「白木蓮」という漢字表記では、抒情性過多になる感じか。「ハクモクレンの」という表記では、一音一音を意識させつつ、読むときには「ハク・モク・レン・の」と、四音で弾む感じで下の句に続いてゆく。

次に来る「をはりの花」は、「花の終わり」ではない。白木蓮は一気に花を咲かせて、花の盛りには木全体が白い花のかたまりのように見えるが、花の終わりにはうす汚れたような色になって散ってゆく。ここで「をはりの花」と言っているのは、そんなふうに散っていった後にまだ残っている最後の花ということなのだろう。結句の「ことりと散りぬ」からも、枝に残っていた最後のひと花（「最後の一葉」ならぬ「最後の一花」）であるように思われる。

そして、この結句。白木蓮は肉厚な花びらではあるが、「ことり」と音をたてて散るようなものではない。実際に音を聴いたというわけではなく、いかにも「ことり」という音が聞こえたかのような散りかただったと言うのだろう。その散りかたには、さびさびとした可憐さが感じられる。

なんでもない春の日が暮れて、白木蓮の終わりの花が散るところを目にした。たったそれだけのことだが、それだけで、なんでもなかった日が「とある日」に、ちょっとした日になるのである。生活は、そうした日々の重なりの中にかたちづくられてゆく。

生活。『広辞苑』によれば、「世の中で暮らしてゆくこと。そのてだて。くちすぎ。すぎわい。生計。」とあり、「生活に追われる」や「社会生活」の用例がある。だが、それだけではなく、「生存して活動すること。生きながらえること。」という『孟子』からの意味も載っている。

衣食住の細々としたことを任せることのできる人が傍にいて、勤めに出たり、原稿を書いたりしていた頃には実感することのなかった「生活」を、作者は今、実感しているのかもしれない。「をはりの花がことりと散りぬ」に再び戻れば、「もののあはれ」ということにもつながるようで、散った花に亡き人を重ねて見ているようにも思われてくるのである。

あぢさゐの黒き芽吹きに手をふれてとほり過ぎゆくわれのとある日

こういう「とある日」の歌もあった。

2021/02/10

雪に傘ひらけばすなはち壊れたり風のつよさはそのあとに知る

花山多佳子『鳥影』（角川書店、二〇一九年）

雪に傘をひらいたら即座に壊れた、とは！　ものごとの順番が壊してしまってから、傘が壊れるくらいの強風であったことを知ったという。ものごとの順番が違っている。ちょっと意表を突く。作者の人柄を彷彿とさせるようでもあり、つい笑ってしまう。

「雪に傘」と言えば、小池光の歌「雪に傘、あはれむやみにあかるくて生きて負ふ苦をわれはうたがふ」である。一首は、たぶんこの歌を踏まえている。ところが、同じ初句から始まっても、それに続くのは「ひらけばすなはち壊れたり」とくる。小池作品の抒情的に詠いあげていく感じを知っている読者からすると、その落差にひっくり返る。しかも、「あはれ」に対抗してか、「すなはち」などという漢文調の重々しい言い回しの後の「壊れたり」である。完全に遊んでいる。さらに、その後に続けて、そんなに風が強かったんだね、ちっとも知らなかった、である。この、すっとぼけた感じがなんとも言えない。

本歌取りとも違うが、元になる歌があって作る場合、その元になる歌の世界からできるだけ遠いところへ歌の世界を飛ばした方が面白い。この一首は、それをやって見せている。小池光の抒情的名歌から、ユーモアのセンスたっぷりの、ちょっとドジな作者が見えるような歌へ。

小池と花山、いわゆる「団塊の世代」である。同世代の二人であれば、この一首には軽い挨拶のような意味合いもあるのかもしれない。

いっせいに生れしわれらに消えてゆく後先のあり戦（いくさ）にあらねば

戦後のベビーブームの中で生まれた彼ら。戦後生まれであっても、そこには戦争が色濃く影を落としている。一斉に生まれたのには、訳があったのである。その世代も今や古稀を過ぎた。ひとたび戦争があれば、消えてしまうのも一斉かもしれないが、戦争に巻き込まれることなく、とにかく今まで生きてきた。生まれたときは一斉だった「われら」だが、消えてゆくのは後先がある。この一首からは、「団塊の世代」の、これまで生きてきた感慨が世代意識として窺える。

2021/02/12

茉莉花（まつりか）の香にひたさるる宵なりき卓に白磁の碗ふたつ置き

松田愼也『詮無きときに』（角川書店、二〇二〇年）

茉莉花の香に浸される宵であった、テーブルに白磁の碗をふたつ置いて。いったいそこで何があったのだろうと思わせる内容の歌である。

茉莉花は、モクセイ科の低木。ジャスミンの一種で、夏の宵に甘い香りを放って白い花を開く。部屋の中に満ちた茉莉花の香り。その花の香りに浸されている人がそれに影響されないはずはない。テーブルには白磁の碗が二つ。そこにいたのは二人だった。茉莉花の香が醸し出す雰囲気からすると、思いを寄せる人のようであるが、描き出されているのは二つの碗のみ。謎のように、その存在は隠されている。

白磁の碗の、静謐で清らかなイメージ。置かれた二つの碗からは、存在感とともに距離感もうかがえる。

その場の甘やかにして静謐な感じは、次第にもの狂おしいような気持ちにさせる。

ふたたび「茉莉花の香にひたさるる宵なりき」という上の句に戻るとき、きっぱりとした過去の助動詞「き」の響きが胸に来る。過去とはなっても、確かにあの宵の出来事はあったのだと、こころに負ったものを確認しているのか。妙にせつなくなる。

岸壁に黙しばしあり没りつ陽を見果て「帰ろ」と言い出ずるまで

「没りつ陽」は、「入りつ日」。「つ」は、「昼つ方」「天つ風」と同様の使われ方で、格助詞「の」の働き。「入りの日」、つまり「入日」のことである。

岸壁で、海に日が沈みきるまでを見た後、しばらく互いに黙っていた。「帰ろ」とどちらかが言い出すまで。

この歌は二人であることさえ言っていないのに、情景が浮かんできて、妙にせつない。沈黙の後の、「帰ろ」。短いけれども、そこに籠められた思いは単純ではない。発したときの声の感じまでリアルに想像されてくる。

2021/02/15

能登に来て海の不思議を語りだす来春はわが妻になる君

藤島秀憲『ミステリー』(短歌研究社、二〇一九年)

来春には結婚することが決まっている二人。一緒にやって来た能登の海を眺めながら、「わが妻になる君」は海の不思議を語りだした。

君の語る「海の不思議」とは、何だろう。そこから命が誕生したということ、母なるものの中にも海があるということ、たくさんの多様な生き物を養いつつ動き止まない、それ自体が生き物のようであること、……。君は海の不思議の何を語ってくれたのだろう。ここでは、「海の不思議」とだけあって、具体的でないことが読み手の想像力を刺激する。一首の世界に、読者も参加させてもらえる感じだ。

聞いている作者は、君の語る「海の不思議」ならどんな内容であっても、きっと楽しく耳を傾けていたことだろう。「来春はわが妻となる君」には、喜びが溢れている。

それぞれの五十五年を生きて来て今日おにぎりを半分こする
これからをともに生きんよこれからはこれまでよりも短けれども

こういう歌もある。

五十五歳にして手にした青春だ。それまで十九年間も両親の介護をしてきて、その間の職歴を「無職」と書くしかなかった人の、やっと手にした青春であることを知ると、いっそう「来春はわが妻となる君」という作者の思いが理解できるのではないだろうか。

手放しの喜びの表現も微笑ましい。


多摩川を越えて春蝶とべる日の戸籍係に列できている

二人が結婚して住むのは、世田谷区瀬田。多摩川に近い場所だ。

多摩川を越えて春の蝶が飛ぶ、そんな日に婚姻届を出しに行く。すると、戸籍係の前には列ができている。人の列に連なりながら、人の列に連なれることもまた喜びになる。

「多摩川を越えて春蝶とべる日の」に窺える心の弾み。それは、「木に花咲き君わが妻とならむ日の」という前田夕暮の歌をも連想させる。

木に花咲き君わが妻とならむ日の四月なかなか遠くもあるかな　　前田夕暮

時代を超えて、結婚の喜びが男のこころを弾ませている。また、幾つになっても、青春のみずみずしさは人のこころを純情にするようである。

2021/02/17

口の端の薄きしょっぱさ朝焼けよこりゃあなんだよ誰が泣いてる

佐佐木定綱『月を食う』（角川書店、二〇一九年）

目が覚めると、口の端に薄くしょっぱいものが→こりゃあなんだよ（涙なのか?）→誰が泣いてるんだ?（俺が泣いているのか?）。一首は、朝焼けに呼びかけながら、自問自答するようなかたちになっている。

「寝ながら泣いていたのか、この俺が」、その事実にみずから驚いてしまう。すんなりとは認められない（認めたくない）思いが窺える。

人は、寝ていても泣くことがある。ここでの涙の背景は分からないが、身体がそういう反応をしてしまうほどの切なさを抱えていることだけは分かる。涙とは、何なのか。人が泣くとは、どういうことか。

この一首の前には、こんな歌もあった。

「カルキ抜き」なみだの分だけ落としてはしばらくきみのこと思い出す

泣けぬ夜はロックグラスの下に敷くティッシュペーパー絞りまた敷く

これで見ると、涙には「きみ」が絡んでいるらしい。泣くことが「カルキ抜き」みたいなことになっているらしい。涙を流すことによる浄化作用。そして、その後にまた、新たに「きみ」へと思いは向かうのである。

ほんとうにおれのもんかよ冷蔵庫の卵置き場に落ちる涙は　穂村　弘

穂村弘にも、こんな歌があった。一九九〇年刊の『シンジケート』の中の歌。

穂村の歌では、開けた冷蔵庫の卵置き場（そう言う？）に涙を落としているが、自分が泣いていることを受け容れきれないという点では、佐佐木の歌と共通している。不覚の涙と言うべきか。いや、自分でも訳の分からない、予測不能の涙。自ら戸惑うような、あまりに素直な感情の発露である。

2021/02/19

もう逢えぬ人あまたある三月に小鳥来てふいー、ふいー、と啼くも

齋藤芳生『花の渦』（現代短歌社、二〇一九年）

「もう逢えぬ人あまたある三月」とは、むろん東日本大震災による死者たちを念頭に置いている。一度に失われた多くの命、もう逢うことのできない人々のことを繰り返し繰り返し思わせる三月。春が巡ってきたというのに、ふたたび逢うことのできない人々へと心はまず向かうのである。

そんな時に、ふいー、ふいー、と啼く小鳥。この啼き声からすると、鷽だろうか。まさか鵺とも呼ばれるトラツグミではあるまい。鷽ならば、喉のあたりの赤い姿も春に相応しい。さらに、鷽から嘘へ。悲しみを嘘に転じてゆけと願う気持ちも重ねたくなる。

春を迎える喜びに溢れていたはずの三月が、東日本大震災以後、人々の中でまったく違ったものになってしまったにしても、花は咲き、小鳥は囀る。自然は、時には人の手に余る恐ろしいものになりもするが、すべてを懐に抱えて、いのちを育みつづけている。今を生きている「わたし」がいて、小鳥がいる。悲しみを抱えたままでも生きることのできる力を与えてくれる、それもまた自然の成せる技であるようだ。そのことの、なんと涙ぐましくも有り難いことか。

あ、まちがえた、とつぶやく子どもの鼻濁音嬉しくてぽんと咲く木瓜の花

「あ、まちがえた」と、子どもは自分で自分の間違いに気づいて呟いている。鼻濁音の声にはまだ幼さが感じられるが、自分で間違いに気づくほどに成長していることが嬉しい。

その嬉しさが、木瓜の花にも伝わったのか。ぽんと咲いてみせた。この童話のような展開は、作者のこころの弾みの現れだ。

作者は、福島市内の学習塾で講師をしている。アブダビで暮らしていたこともある作者だが、福島で子ども達と学びの場を通して一緒に生きる覚悟を決めたようである。

2021/02/22

ひそやかに汚染水流れ込む海を照らしつつ月は渡りゆくなり

藤田美智子『徒長枝』（砂子屋書房、二〇一九年）

月夜の海である。海面を照らしながら、月は空を渡ってゆく。

静けさに満ちている光景だが、その海にはひそやかに汚染水が流れ込んでいるのである。この月明かりのもとの静けさは、実際には見えないものを見せながら、じつに不気味だ。

作者は、福島県伊達市在住。海は福島の海、汚染水は放射性物質を含んでいる。

東京五輪を誘致するために「アンダーコントロール」と言ったのは誰だったか。汚染水を貯蔵するためのタンクはいつまで作りつづければいいのだろう。タンクにも老朽化は進む。土を凍らせて汚染水をとどめるという作業は、現在どうなっているのか。凍らない土を通って、どれほどの汚染水が海に流出しているのか。

この二月十三日の深夜には、福島沖を震源地とするマグニチュード7・3の地震があった。東日本大震災を起こした地震の余震だという。まもなく東日本大震災から十年というこの時期に、十年前のそれに次ぐ大きさの余震が起こり、震災はまだ終わっていないのだと強く印象づけられた。

この時も福島第一原発と福島第二原発の使用済み核燃料プールの冷却水が溢れたが、少量で、外部流出はなく、拭き取ったという。この報道もどこまで信じていいのか。

廃炉に向けて命懸けの作業をしてくれている人のことを思いつつも、表に出て来ない情報が気になる。

夕闇に川面は銀いろ光りつつ空に流れのかたちを示す

夕闇のなかに銀色に光る川面。あたりが暗く闇に閉ざされても、水面はしばらく明るさをとどめている。空から見れば、銀色に光っているのが川の流れのかたちだと分かる。

この一首では、「川面」を主語にすることで、「川面」が光りながら、空に流れのかたちを示している、と生き生きとした表現になっている。風景が、意思を持って立ち上がってくる感じだ。

だが、この美しい川面の下にも汚染された水は流れているのかもしれない。そして、たとえ汚染水を流していたとしても、風景として引いて眺めれば、川は美しいものとして人の胸を打ったりもするのである。

2021/02/24

鼻すこし変形するまで原発の事故後をながくかけてたマスク

遠藤たか子『百年の水』（短歌研究社、二〇二〇年）

コロナ禍のなかでマスクを手放せない現在だが、原発事故後の福島においても、放射性物質を体内に吸い込まないように、長くマスクをかけていなければならない日々があったということ。「鼻すこし変形するまで」というのが、とてもリアルだ。

記憶さへ風化する世に忘れ得ずまる七年の室内干しを

洗濯物は外に干して、からっと仕上げたいものだ。しかし、室内干しをしなければならない状況が原発事故後には続いていた。しかも、「まる七年」も。この事実に言葉を失う。実際にそれを体験した人にとっては、忘れようにも忘れることはできないだろう。

実際にその場におらず、その事実を想像することしかできない者は、得られた情報からさまざまに想像しようと試みるが、当然のことながらそれには限界がある。「鼻すこし変形するまで」マスクをかけていたとか、「まる七年の室内干し」とか。その具体の前に、自らの想像力の限界を思い知らされる。原発事故後の福島で生活するということが実際にどういうことだったのか、そして、今もそれはどんなふうに続いているのか、もっともっと知らねばと思う。

作者は、福島県南相馬市で東日本大震災、原発事故に遭遇。現在は東京で暮らしている。東京に移っても、南相馬で体験したことは忘れようもない。「まる七年の室内干し」も然(しか)り。風化すること、風化されることを危ぶむ声がある中で、風化し得ないことが個々の心の中にあるということも忘れないでおきたい。

夢の島埋め立てるころ近くには第五福竜丸も棄てられてゐた

この国を賄ふ程度はすでに持つ再生エネルギーの技術といふに

福島を出て、東京で暮らす中で、いっそう見えてきたものも作者にはあるらしい。

2021/02/26

碧玉（へきぎょく）のキーウィ食めば死は不意にわが子と氣づく生まざりし吾子（あこ）

水原紫苑『如何なる花束にも無き花を』（本阿弥書店、二〇二〇年）

碧玉色のキーウィを食べると、不意に気づく。「死はわが子、生まなかったわが子」である、と。キーウィから死、さらに生まなかったわが子へという想念の展開。

「瓜はめば子どもおもほゆ」という山上憶良の歌がもとにある。だが、ここで食べているのはキーウィ。キーウィの果肉の色は碧玉を思わせる。碧玉は古くより曲玉（まがたま）にもされ、曲玉は胎児のかたちであり、副葬品としても用いられたことを思えば、キーウィから死、さらに生まなかったわが子へという展開もなんとなく分かるような気がする。

それにしても「死は不意にわが子と氣づく」とはどういうことだろう。それまでは「生まなかったわが子」を思うこともなくきたということなのだろうか。あるいは、それは自分のなかで密かに封印してきたことだったか。そして今、その封印が解かれる時が来たというのか。

第一歌集『びあんか』には、このような歌があった。

宥（ゆる）されてわれは生みたし　硝子・貝・時計のやうに響きあふ子ら
汝（なれ）の手にピエタはみどり　萌えいづる死を抱（だ）きていま蘇りたれ

一首目は、よく引用される歌である。硝子・貝・時計のように響きあう「子ら」を生みたいという。「生む」ということが、輝かしいイメージを伴って詠われているようだ。

だが、「宥(ゆる)されてわれは生みたし」の「宥されて」、ここにこの漢字が使われていることは素通りできない。『新字源』にあたってみると、「宥す」には「ゆるめる。おおめにみる。」とあり、同訓異義の解説には「手心を加えて、罪をゆるめ、ゆるしてやる。刑罰を軽くする。」とある。やはり、「生みたし」のもとにある深い翳りが気になる。

二首目は、「キリエ・エレイソン　生まれざりし者へ」という一連のなかの歌である。タイトルの中に「生まれざりし者へ」という言葉がはっきりと入れられている、祈りの一連だ。「ピエタ」は、有名なミケランジェロの彫刻を詠んだとも取れるが、ここに既に「みどり」が「萌えいづる死」として出ていた。「汝(なれ)」というのも、あるいは自らへの呼びかけだったのかもしれない。

封印が解かれる云々ではなく、最初から隠されていたわけではなかった。美しい詩的空間に置かれることによって、読者は作者の実人生に深入りすることなく、「虚実の間(あわい)」に遊ばせてもらっていたということか。美意識の奥に、しんと潜んでいるもの、微量の毒のようなもの。それがあるからこそ、いっそう人はその歌に惹きつけられるのかもしれない。

宴(うたげ)果ててふと氣がつけば壺なりき高麗(かうらい)とよぶこゑの羞(やさ)しさ

2021/03/01

きかん気な少年が空を駆けてきて関八州はひさびさの雪

久々湊盈子『麻裳よし』（短歌研究社、二〇一九年）

関八州にひさびさの雪をもたらしたのは、空を駆けてきた「きかん気な少年」だという。単なる北風だったら「寒太郎」かもしれないが、ひさびさに雪を降らせるほどの風ならば、その上をゆく奴。「きかん気な少年」の勝ち気で元気な顔が浮かんでくるようだ。そこにある作者と自然との親和関係。そして、一首は「駆けてきて」の勢いのまま、下の句に続く。

関八州は、関東八州。相模・武蔵・安房・上総・下総・常陸・上野・下野の八カ国をいう。「関東平野にひさびさの雪」でもいいのかもしれないが、ここはやはり「関八州」。「かんはっしゅう」の響きがいい。昔の国名が意識されているのも、時代がかっていて、なにか楽しい。

雪やみしのちのさみしさ叢竹（むらたけ）がときおりばさりと跳ねる音する

こちらは、ひさびさの雪をもたらした「きかん気な少年」が駆け去ったあとの時間。アフターの歌だ。

叢竹の上に積もっていた雪が落ちて、その勢いで竹がばさりと音を立てて跳ねるのである。その音が間隔をおいて、ときおり聞こえてくる。ほかに音を立てるものがない中で、その音を聴き留めている作者の姿が想像される。

「きかん気な少年」が去った後だけに、余計に静けさやさみしさが募るのでもあろう。それは悪い気分ではない。安らかな充足感も伝わってくる。

この二首の、歌のテンポの違いには、その時の作者の心情がそのまま現れていて、そこも面白い。

2021/03/03

ゆふぐれに足をひらいて立つてゐる七歳(ななつ)と五歳(いつつ)　私の孫よ

池田はるみ『亀さんゐない』（短歌研究社、二〇二〇年）

夕暮れに、足をひらいて立っている二人の子ども。何でもかかってこい、負けないぞと言っているのだろうか。大地に足をしっかりつけて踏ん張っている感じが、実に頼もしい。

この七歳と五歳。結句の「私の孫よ」には、作者の誇らしげな様子が窺える。

孫の歌は甘くなるとよく言われるが、これは立派な孫歌だ。「私の孫よ」とまで言っているのに甘くなっていないのは、少し離れたところから一人一人を独立した人格として見ているからかもしれない。七歳と五歳では、まだ甘えることの方が多いのだろうが、この時の二人の凛々しい立ち姿。作者は、わが孫ながらあっぱれ！　と思ったにちがいない。

補助輪のある自転車をこぎながら男三歳　窓下ゆけり

雨傘がふはふはゆける窓の下ちひさな足が運んでをらむ

この二首は、作者のいる部屋の窓下をゆく小さな者たちを詠んでいる。まだ補助輪のある自転車とは言え、自転車をこいでゆくのは「男三歳」と言うべき姿なのである。昔、「男一匹ガキ大将」というマンガがあったのを思い出す。「男三歳」にはそれと共通する響きがある。粋がって補助輪付きの自転車をこいでいる姿を想像すると、思わずぷっと吹き出してしまいそうだ。

後の歌では、窓のところに見えているのは雨傘の動き。子どもの姿は見えない。「雨傘がふはふは」ゆくのは、それを運んでいる「ちひさな足」があるから。頼りなげに雨傘を運んでいる小さな足の存在を、作者は想像している。そして、「ちひさな足」という身体の部分から浮かび上がってくる小さき者の全体像。この表現によって、小さき者に寄せる作者の思いもたっぷりと膨らみをもって伝わってくるのである。

2021/03/05

耳ひとつふたつみっつと落ちているように紅椿咲き終えている

江戸　雪『空白』（砂子屋書房、二〇二〇年）

耳がひとつ、ふたつ、みっつと数えていったら、それは咲き終えた紅椿だった。咲き終えた椿は、木に咲いていた形のまま地面に落ちる。椿の木の下を通ると、赤い花がたくさん地面に落ちているのに出会ったりして、それはそれで美しいものだ。日本庭園では、散った椿を苔の上にわざわざいくつか残して鑑賞したりもする。

だが、地面に落ちた赤い椿が、耳に見えてしまったという感覚。これは普通ではない。赤い耳。耳は、なにゆえ赤いのか。傷つく言葉をたくさん聞いてしまったため？　真っ赤な嘘を聞き尽くしてしまったため？　ぽってりと赤い椿の花は、作者がこれまで耳にした言葉による暴力を具象化しているようでもある。

「耳ひとつふたつみっつと落ちている」ように「紅椿咲き終えている」と、比喩の構造が明らかであるにもかかわらず、咲き終えた紅椿が耳に見えたことの方に中心があるように読めてしまった。「耳ひとつ／ふたつみっつと／落ちている／ように紅椿／咲き終えている」。三句から四句へ跨がり、切れるようで切れずに繋がって終わりまでゆくという流れも、簡単には諦められないものを作者が抱えていることを思わせる。

小さいね世界は冷たく発熱し言葉をぶつけあっている穴

この歌では、小さく閉ざされた穴のような世界で、人は冷たく発熱して言葉をぶつけ合っているという。

「冷たく」と「発熱して」は矛盾しているようだが、お互いを攻撃し合う言葉であれば、「冷たく発熱」もするだろう。ねたみ、そねみ、いがみ合い、貶(おとし)め合う。嘘もあれば、悪口も吐かれる。そういうところでは耳を塞ぎたくなるだろうが、それでも言葉は容赦なく耳を襲ってくる。

傷ついた耳が赤く腫れ上がる。そうなったとしても不思議ではない。

耳は、小鳥の声や微かな風の音を聞くことだってできるのに。そこが「冷たく発熱して言葉をぶつけあっている穴」と感じられるのなら、我慢して居ることはないよと言いたいところだが、心配には及ばなかったようだ。「小さいね世界は」と発せられたところで、すでにその世界への見切りはつけられていた。

2021/03/08

何切ると云ふにあらねど折折は光に見入るカッターナイフ

小笠原和幸『黄昏ビール』（ながらみ書房、二〇二〇年）

一首を口語に換えると、〈何を切るというわけではないが、その時々は光に見入るのだ、カッターナイフの。〉となろうか。

これは、ちょっと怖い。切るという目的もなく、人が刃物の光に見入るのは、どういうときなんだろう。これがカッターナイフではなくて、日本刀だったら、むしろ光に見入る感覚は分かるような気がするが、カッターナイフでは戸惑ってしまう。惚れ惚れと見入るような種類のものではないし、そもそも「光」と言うほどの光りかたをするとも思えない。机の上や引き出しの中にある身近な刃物という点では、カッターナイフの刃先を見るということはあるだろう。だが、刃先を見るのと、カッターナイフの光に見入るのとでは、だいぶ違う。カッターナイフの光に見入るときの作者の心境が知りたくなる。

「折折は」が曲者（くせもの）だ。「折折に」ならば、動作のある時を指定しているが、「折折は」って何だ？ 人には言えない何かを心の内に持っているかのような含みがある。そういう行為をする自分自身をたのしんでいるようでもある。

己が身の脂の付きし眼鏡にて今日は眩む秋の落日

「眩む」の読みは、「めくらむ」。目がくらむのである。

この歌を口語にすると、〈自分の身体の脂がついた（汚れた）眼鏡で（見たのに、それでも）今日は目がくらむ、秋の落日であることよ。〉か。日々の生活の中で、汚れにまみれた眼鏡。そんなもので見たにもかかわらず、今日の秋の落日は格別の輝きで、目がくらむほどだったよと言うのだ。「眼鏡にて」が曲者。「眼鏡にて今日は眩む」という表現には、ストレートには読めないところがある。省略と言葉の矯め。そこに面白い味わいが生まれる。

一筋縄ではいかない作者である。

2021/03/10

古本にひとすじ銀の毛光りたり時間はにわかに曲がりはじめる

中津昌子『記憶の椅子』（角川書店、二〇二一年）

人の内側に、時間はどんなふうに流れるか。

手に入れた古本を開いて見ると、そこに一本の白髪が挟まっていた。ひとすじの銀の毛は、光ることによってその存在を主張している。この本の前の持ち主が、にわかにそこから立ち上がる。やや年配の人か、この本を読み、やがてこの本を手放したその人。その人とこの本がともにあった時間。どんなふうにその人はこの本を読んだのだろう。どんなふうな感想をこの本に抱いたのだろう。どんな理由でこの本を手放したのだろう。

古本の中に「ひとすじ銀の毛」が光るのを見たところから、作者の内側の時間は過去に向かって流れはじめる。つまり、「時間はにわかに曲がりはじめる」。

「ひとすじ銀の毛」と感じたからこそ、にわかに時間が曲がりはじめたのかもしれない。「一本の白髪」では、現実に即（つ）きすぎていて、想像をいざないきれないかもしれない。

胡瓜の輪にひろがる宇宙の透きながら酢の香は満ちるたそがれどきを

この一首では、時間よりも空間。

今晩のおかずの一品は、どうやら胡瓜の酢の物らしい。輪切りにした胡瓜に透けている宇宙。塩もみにした後に甘酢をかけるのだ。すでに酢の準備もできていて、たそがれどきの空間には酢の香が満ちている。

輪切りの胡瓜の宇宙から、酢の香に満ちた黄昏時（たそがれどき）、その先に広がる宇宙へ。台所にいることさえ忘れてしまいそうだ。

透ける薄緑いろ、酢の香、暗くなりかかった時間帯（たそがれどき）。浄められたような時空がひろがる。

2021/03/12

ふゆ日和ほつかりと浮く白鳥の一羽と九十九羽の不在

渡辺松男（「短歌」二〇二一年三月号）

「九十九羽の不在」と題する二十八首の中の一首。

冬晴れの空に、ほっかりと浮く白鳥。上の句の穏やかな情景に対して、下の句の「一羽と九十九羽の不在」。ドキリとした。

冬晴れの空にほっかりと浮いているのは一羽だが、そこには九十九羽の不在があるということ。そんなことは思ったこともなかった。「不在」の存在。

実際に目に見えているのは、ごく一部にすぎず、そこには見えてなくても、どこかにちゃんと存在しているものがある。しかも、そちらの方が実際に目の前に見えているものよりも圧倒的に多いのだということ。それは、考えてみれば当たり前のことなのに、ふだんはそんなこと思ってもみない。忙しく目の前のものばかりを追いかけて、目の前に見えていないものについては、まるで全く無いかのように暮らしている。

「不在」の存在。それを強く思うのは、作者が置かれている状況も影響しているのかもしれない。

世界をちぎり白鳥飛ばすおなじ手がわたしをずつとベッドにとどむ
手のひらのぬくみ背中に欲しきとき背中にありぬ手のひらの無が

白鳥を飛ばしている同じ手が、「わたし」に対してはずっとベッドにとどめていると詠う。人間を超えたもの、それを「神」と呼んでいいのかどうかは分からないが、「わたし」が動けずに、ずっとベッドにとどめられているのも何者かの力によると考えているのだろう。自分ではどうすることもできない。

ＡＬＳ（筋萎縮性側索硬化症）の患者である作者。見える範囲は、限られている。病室の窓は、さらに見えるものを限る。そこに見えた「冬晴れの空にほっかり浮く一羽の白鳥」。それは一瞬の僥倖みたいなものだったかもしれないが、作者はそこから更に「九十九羽の不在」に思いを馳せる。

ベッドの上にあって、思索は深く、そしてまた遥か遠くまでゆく。限られた視界は、限りない視野をひらいてゆく。そのしなやかな強靱さは、いつも私にあなたはどう生きているかと問いかけてくるものでもある。同年同月生まれの、松（松男さん）と鶴（田鶴子）。そんなことに、一方的に縁（えにし）を感じつつ。

「手のひらのぬくみ」の歌でも、「不在」の存在が詠われている。背中に手のひらの温みが欲しいときに、それが無かったということを、「手のひらの無」が背中にあったと詠う。そういう詠い方をする作者に、私はこころを飛ばしている。

2021/03/15

連翹の花が咲くまでじっとしてしばらく居よう　鬼さん来るな

三枝浩樹『黄昏（クレプスキュール）』（現代短歌社、二〇二〇年）

連翹の花が咲くのを待って傍にしゃがんでいるのは、作者だ。小さな子どもの姿になっている。どうやら、かくれんぼの気分。「鬼さん来るな」と言いながら、鬼だけでなく、誰にも邪魔されずにじっと連翹の花が咲くまでを見守っていたいらしい。

春。庭の花もだんだんと咲いて、今年も咲いたねと庭に出ては花に挨拶したくなる。

連翹の花は、明るい黄色。地上近くから枝いっぱいに咲くので、しゃがんだら姿が隠れてしまうほど。子どものかくれんぼには、良い隠れ場所だ。作者も子どもの頃、実際に連翹の花の陰に隠れたことがあったのかもしれない。幼年期を思い出させるような懐かしさが、連翹の花の黄色にはある。

菜の花のおひたし男前豆腐　今宵ひとはだにあたためて飲む

こちらの歌の黄色は、菜の花。花を愛でるのみならず、愛でつつ食べてしまう。

今宵は菜の花のおひたしに男前豆腐を肴にして、ぬる燗をいただくのである。

菜の花のおひたしに季節を味わいながら、もうひと品は、少し硬めの男前豆腐。盛りの春には少し早い時季に、ひとはだにあたためて飲む酒の肴としては申し分ない。

連翹の花が咲くのを待ってしゃがんでいた人は、今宵はすっかり嗜みのある大人の姿で、ゆったりとお酒をいただいているのであった。

2021/03/17

生のなべてを振り捨ててもと泣き叫びなめこを欣求(ごんぐ)する吾児である

黒瀬珂瀾『ひかりの針がうたふ』(書肆侃侃房、二〇二一年)

なめこが欲しいと大泣きする吾児(あこ)(わが子)。

その泣き方たるや凄まじい。「生のなべてを振り捨てても」というくらいの泣き方である。なめこをくれなきゃ死んでもいい、というくらいの求める勢い。しかも、「欣求(ごんぐ)」である。「欣求」は仏教の言葉で、よろこび求めること。

さすがは、僧侶の子と言うべきか。僧侶の作者から見ると、欣求しているように見えたのであろう。それにしても、なめこを欲して「欣求する」とは。なめこ好きも、ここに極まったり、である。

いや、そうではない。ただひたすらに、真っ直ぐ何かを求める。少しの邪心もなく、己の欲しいものを求めて譲らない。それこそ仏教の「欣求」に通じるものなのかもしれない。

なにがなんでも今すぐにくれと幼い子どもが泣き叫ぶさまは、まさに〈いのちのパワー〉を感じさせる。小さな身体はエネルギーの塊であって、大人にはとうてい太刀打ちできるものではない。さて、どうする？　欣求に従い、すぐになめこをあげるか。しばらく泣き叫ばせておいて様子を見るか。

もはやわが生み得ぬ歓喜ここにあり出汁巻き卵に児は歌ひ出す

こちらの歌では、出汁巻き卵を前に大喜びして歌い出した子どもを詠っている。その自然な、心からの喜び。自分にはもう、そんな歓喜を生み出すことはできないと、子どもの歓喜する姿を見つめている。「もはやわが生み得ぬ歓喜ここにあり」に溢れる、子どもが持っている素直さに対する感嘆の念。

この素直さ、真っ直ぐな気持ちを、成長するにつれてだんだんと人は失っていく。人が成長する、あるいは、大人になるというのは、どういうことなのだろう。

2021/03/19

結局はこの人から生まれたのだ蟬のしき鳴く未明ちかきに

永田　淳『竜骨（キール）もて』（砂子屋書房、二〇二〇年）

父、永田和宏。母、河野裕子。妹、永田紅。言わずと知れた歌人一家である。それぞれの作品の中に、それぞれが登場する。常に家族の中で、詠う側であるとともに詠われる側でもあるというのは、どんなものなのだろう。ごく普通の人間としては、考えただけで苦しくなる。

この一首は、死に近い母を前にした、息子の歌である。

かつて、河野裕子は出産をこのように詠った。

産むといふ血みどろの中ひとすぢに聴きすがりゐて蟬は冥かりき
しんしんとひとすぢ続く蟬のこゑ産みたる後の薄明に聴こゆ

『ひるがほ』（一九七五年刊）より

八月二十日、永田淳の誕生。作者の誕生は、夏の未明の蟬の声とともに詠われていた。「冥かりき」「ひとすぢ続く」には、死と生がひと続きにある。「生と一緒に死というものをはらんでしまった」というのは、河野裕子の有名な発言であるが、そこに実態としてあった作者の誕生だ。歌人であり、自分の母でもある人の作品や発言を前にして、息子はどれほど冷静でいられるものだろうか。

苦しく思うときもあったのではないか。

だが、死が迫った母に寄り添いながら、これまでのすべてが受け容れられたのだろう。「結局はこの人から生まれたのだ」には、諦めのような安堵のような響きがある。

死をも孕んでしまった肉叢が自らの死に呻くが聞こゆ
死に近き冷たき腕に抱かれぬいい子だったよと繰り返すのみの

やはり、稀有な母と子の繫がりと言うほかはない。そして、母亡き後の、次の歌を読むとき、自分もまた詠い続けるという覚悟が見えるようである。

この世にて母の子であるほかはなし日向の落葉掃き寄せながら

2021/03/22

これでなにか美味しいものでも食べなさいと一万円をわが掌にかくす

加藤英彦『プレシピス』（ながらみ書房、二〇二〇年）

今の母親は、こんなことをするのだろうか。

作者は、昭和二十九年生まれ。昭和の母親は、こういうことをした。親にとって子どもは幾つになっても子どもであって、心配は尽きないものらしい。どうしているかしら、ちゃんと食べているかしらと、離れていれば余計に心配する。

一万円というのが、子どもがある程度の年齢に達していることを思わせる。千円札というわけにはいかない年齢。母親にとって一万円というのは、どれほどのものか。自分の自由に使える範囲で、小遣いをやるにしてはちょっと奮発したというくらいの額だろうか。

「わが掌にかくす」という仕草が泣かせる。剝き出しの一万円札を息子の掌にそっと握らせるのだが、人目を憚るような気配がある。誰にも見られないように、「ほら、早くしまって」とでもいうような仕草。〈昭和の母親〉と思うのは、こういうところだ。なにか、かなしい。「かなしい」は、「悲しい」でも「哀しい」でも「愛しい」でもあるような……。子どもに対する親の愛情は、こんな形にもなる。

指さきがすこしふるえて鍵盤より母のむかしの曲ながれだす

久しぶりに鍵盤に触れた母だろうか。昔の曲を弾き始めた。「指さきがすこしふるえて」には、母に流れた歳月が感じられる。「母のむかしの曲」が、母が昔よく弾いていた曲というのなら、作者にとっても耳に馴染んだ懐かしい曲だったことだろう。ピアノを弾く若き母の姿とともに、傍らで耳を傾けていた幼い日の自分の姿も蘇ってきたにちがいない。母とともにあった幸福な時間。それは、もう昔になってしまった。

母に流れた歳月は、作者自身にも流れた歳月であった。

2021/03/24

いまわれは吾子を殺せりまならうらがこんなに熱き怒りのうちに

富田睦子『風と雲雀』（角川書店、二〇二〇年）

子育ては日々、真剣勝負だ。笑ってばかりはいられない。頭を撫でてばかりもいられない。時には、怒り爆発。感情のコントロールも利かなくなるくらい熱くなって、子どもに立ち向かわなければならないことだってある。

「いまわれは吾子を殺せり」の母親は、昂ぶった感情の中にいる。実際に殺すことはなくても、殺してもおかしくないくらいの怒りでまぶたの裏を熱くしている。

小さくとも、子どもが発するエネルギーはもの凄い。それに対抗し上回るには、手加減などしている余裕はない。本気でぶつからなければ負けてしまうし、こちらの気持ちを相手に見透かされてもしまう。

子どもは親とのぶつかり合いの中で、親の愛情を計っている。親の怒りが本気で自分に向けられているものかどうかも、直観で分かってしまうものだろう。本気ならきっと子どもにも伝わるだろうし、子どもは日々そうやって親の愛情を確かめながら成長しているのだろう。

あらためて、「いまわれは吾子を殺せり」に戻る。言葉の強さ。絞り出すように発しながら、作者は熱い涙を流しているにちがいない。意識の上であっても、わが子を殺したということに平気でいられるはずがない。「いまわれは吾子を殺せり」は、自分に向けて突き刺すように発せられた言葉だ。子どもに対して一時的にも感情のコントロールが利かなくなってしまった自分を責めているのでもあろう。

今日なんか楽しかったと子の言えば泣きたいような夕焼けである

一日の終わりに、「今日なんか楽しかった」と言っている子ども。それを耳にして、今日がこの子にとって幸せな日だったんだなと、泣きたいくらいにただただ嬉しく思える。母親とは、そういうものでもあるらしい。

2021/03/26

夕焼けと青空せめぎあう時を「明ぅ暗ぅ（アコークロー）」と呼ぶ島のひと

俵　万智『未来のサイズ』（角川書店、二〇二〇年）

作者が石垣島で暮らしていた頃の歌である。

島の人たちが「アコークロー」と言うのを聞いて、初めは何のことかと思ったことだろう。それが、「明ぅ暗ぅ」であって、「夕暮れ」を意味すると知った時、おそらく作者の目はいっそう大きく見開かれたにちがいない。初めての土地で、今まで知らなかった言葉を知る喜び。その土地に馴染んでいくきっかけでもある。

「アコークロー」。「明るい」でもなければ「暗い」でもない、その両方が混在している時を、ふたつの語を並べることによって表そうとする大らかさ。それは、そのまま島の人たちの大らかさでもあろう。

「アコークロー」が「明ぅ暗ぅ」だと知った作者のイメージは、「夕焼けと青空せめぎあう時」。夕焼けと青空とがせめぎあう、緊張感をはらんだ動的な時と捉えている。

夕暮れどきの、刻々と変化してゆく空の色は、静かに少しずつ「明ぅ」から「暗ぅ」へと動いてゆく。そして、そのことを確かに認識している島の人たちがいる。

夕焼けと青空せめぎあう時を「明ぅ暗ぅ（アコークロー）」と呼ぶ島のひと

一首のつくりは、緩やかな一筆書きのように繋がり、「島のひと」と体言止めで結ばれる。つまり、この歌の中心は「島のひと」だ。

夕暮れどきの、少しずつ変わっていく空を眺めながら、それを「アコークロー」と呼ぶ島の人たち。そこでは、時間も空間もゆったりとあるがままに受け容れられている。「明るい」でも「暗い」でもなく、どちらも混ざり合い、少しずつ変化してやまない時の豊かさを知っているのだろう。作者の、島の人たちに対する「わぁ〜!」という思いも伝わってくるようだ。

言葉との出会いは、それを使っている島の人たちとの出会いであった。そして、この作者の凄いところは、そこからさらに、島の人たちの暮らし方や認識のあり方まで、ほとんど直感的に理解できてしまったのではないかと思われるところだ。

ついでながら、『オキナワなんでも事典』(池澤夏樹編　新潮文庫)で「アコークロー」を担当している大城立裕によれば、「この語は古来、夕暮れどきのそこはかとない不安をともなうものと解されていて、その点では『逢魔が時(おうまがとき)』という日本語に共通するといえる。」のだそうだ。

2021/03/29

樹によれば樹、地に臥せば地の命なり　弾(たま)はずれ来て我を生みし母

仲西正子『まほら浦添』（ながらみ書房、二〇二〇年）

樹に寄れば樹の命、地に臥せば地の命。直(じか)に触れることによって、命を感じとっている作者だ。そして、地上に息づく命のなかに、自らの命もある。その命は、激しい地上戦のなかを生き残った母が生んでくれたものである。

作者は、昭和二十三年、沖縄生まれ。満州で戦傷を負った父と沖縄戦をくぐって生き残った母との間に生まれた。

昭和二十年四月一日、沖縄本島に米軍が上陸。一般人を巻き込んだ激しい地上戦は三ヶ月に及んだ。その時、作者の父は大阪の軍需工場に動員中。母は一歳半の娘と乳呑み児とを抱えて、弾の飛び交う中を必死に逃げまわった。

児は背(せな)に頭に手にも持ち持ちて逃げる婦女子の裸足が痛い

この歌は、一フィート運動で米軍から買い取った、沖縄戦を記録したフィルムを作者が見たときの歌だが、子どもを背に、持てるかぎりの物を持って、裸足で逃げまどう姿に母が重なったという。その戦の中、母は乳呑み児を栄養失調で失っている。作者にとっては姉に当たるが、戸籍には残

らず、遺骨もなかった。戦後の作者の誕生は、その亡くなった子の誕生日と時刻まで一緒だったそうで、「貴女には二人分の徳が付いている」と、物心のつく頃から聞かされたという。

今ここに漂う風を骨壺におさめて弔う三度の風を
零歳の姉の骨なりいかほどの重さなりしや両手窪める

「三度の風」とは、霊のこと。遺骨がないので、風を三度、骨壺に招き入れて入魂したのである。戦後六十三年が経っていた。実家の墓が建ったときに、零歳で亡くなった姉をこういうかたちで弔うことができたのであった。

零歳の姉の骨はどれくらいの重さだったのかと両手を窪めてみる。小さな命を捧げるようなその姿は、そのまま祈りのかたちである。

2021/03/31

埋められて兵の片足天を指す時経るほどに脳裏を去らず

許田　肇『福木の双葉』（ながらみ書房、二〇二〇年）

作者は、大正十二年、沖縄生まれ。十八歳の時に太平洋戦争が始まり、二十歳で徴兵検査を受けたが、体格が基準に届かず入隊できなかった。（徴兵検査に合格した同級生たちは何人も戦死した）

昭和二十年、沖縄戦が始まった時は二十二歳で、新聞社に勤めていた。首里城地下の壕で新聞を発行していたが、敵が迫ってきて社は解散。南部に避難することになり、地上に出てみると首里城はなかったという。

一般人として否応もなく地上戦に巻き込まれ、命からがら逃げまどう中、炸裂した弾の破片が持っていたスコップを貫通し太股に突き刺さった。スコップは壕を掘るために持っていたものだが、そのスコップのお蔭で命拾いしたのだった。

その時のことを次のように詠んでいる。

着弾の破片スコップ貫きて腿に食ひ込み命拾ひぬ

傷負ひて身をかばひつつスコップに縋りて逃げたり弾の飛ぶ中

逃げまどう中で目にしたものは、まさに地獄。言葉にしようにも、どんな言葉も軽く思われ、黙っていることしかできなかったという。

この一首は、長い時間が経過してから、ようやく出てきた言葉である。

埋められた兵の片足が地面から突き出て、天を指している。その光景が「時経るほどに脳裏を去らず」と言う。「時経るほどに」とは、時が経つにつれて忘れられるというものではなく、逆に、ますます頭から離れないものになっているということだ。脳裏に刻印されたかのような映像。激しい地上戦の中では、死んだ兵を丁寧に埋めることなどできなかっただろう。埋めてさえもらえなかった死者も大勢いたにちがいない。「兵の片足天を指す」は、死んだ兵の抗議のかたちとも見える。作者の記憶の中に、死んだ兵はそのかたちを崩さない。しっかりと覚えておけと言うかのごとく。

長い歳月を潜って現れ出てきた記憶は、なんとも象徴的である。

戦後の沖縄がたどってきた道。日本に復帰した後も米軍基地はなくならない。それに関連した様々な問題もなくならない。そういう沖縄の戦後を、沖縄戦で命を拾った人たちも家族とともに生き抜いてきたのである。

作者は、令和元年にカジマーヤー（九十七歳のお祝い）を迎えた。

2021/04/02

われの名は魚と言えばああ鮎かと答えぬ不思議そうに見つめて

飯沼鮎子『土のいろ草のいろ』（北冬舎、二〇一九年）

老いた父は、娘の名前をすぐに思い出せない。「私の名前は、魚だよ」というヒントで、「ああ鮎か」と答えてくれた。それでもまだこちらの顔を不思議そうに見つめて。ほんとうに娘だと分かり、「鮎子」という名前だと分かってくれたのかどうか。心許なさが読後に残る。

何度も何度も呼んでくれた名前だろうに、親が子の名前を忘れてしまうということもある。元気で頼もしかったはずの人が、次第に老いを深めてゆく姿。父の老いに寄り添い、状況を受け容れつつも、娘の感じている動揺。相手にはそれと気づかれないように、さりげなく言葉をかけたことだろう。

幾たびか額に手をあて熱計るふりして去りぬ光る廊下を
繰り返しわが手を探り触れんとす微かに残りていたる力に
ああ俺はどうすりゃいいと言いし声真白く靡く花に紛れぬ

残された時間の長くはないことを知りながら、病室に父を残して帰らねばならないときの思いは、

「幾たびか額に手をあて熱計るふりして」の行為に現れている。そして、「光る廊下」の明るく清潔な冷たさ。

繰り返し手を探っては触れようとしてくれた父。その時の父に残っていた微かな力の感触。「ああ俺はどうすりゃいい」と言った父の声。それらはすべて、死を前にした父が作者に残してくれたものだ。

人と人とが別れる時には、力が要る。永訣とあっては、さらに。この時の、死を前にした父と娘との間に流れた時間の濃密さ。それは、かけがえのないものだったにちがいない。それは、遺された者のこころに刻まれ、その後の生きる支えともなってゆくものであるにちがいない。

幾度も幾度も思い出し、その度によみがえる。その意味では、死者は死んだのではなく、生者とともに生きている。

2021/04/05

青き空　わたしの上にひるがえる旗には「壊せ神殿を」とありぬ

大島史洋『どんぐり』（現代短歌社、二〇二〇年）

「わたしの上に降る雪は」なら中原中也だが、ここでは「わたしの上にひるがえる旗」で、天気は晴天である。

青空のもと、「わたしの上にひるがえる旗」。そこには「壊せ神殿を」とあった、と詠う。

「壊せ神殿を」とは、何事か。

人間が壊れるとは比喩ならず肉体ならず目に見えぬなり
だんだんと変になりゆく自分なりそれを知りつつ少し楽しむ

一首目は、二〇一五年作。人間が壊れるということについて詠われはじめている。これまで比喩だと思って使ってきた「人間が壊れる」という表現が、比喩ではなくて実際に壊れるのだという実感。しかも、肉体のことなら目に見えて分かるが、目に見えないところで「壊れる」のだと。言葉が、表現が、実態を為して作者の身にも襲いかかってきているようだ。

二首目は、二〇一六年作。ここに取り上げた一首のすぐ前に置かれている歌だ。「だんだんと変になりゆく自分」を自覚する。だが、「それを知りつつ少し楽しむ」には、まだ余裕がある。

他人事と思っていたことが自分自身にも始まってくる。あれあれ、こうなってくるか……と。そうして、その先はどうなるんだ?

青き空　わたしの上にひるがえる旗には「壊せ神殿を」とありぬ

大手出版社で辞書を作っていた人だ。頭には、言葉に関する膨大な知識が詰め込まれている。歩く辞書、それもまた比喩だが、それは人のかたちをした言葉の神殿、知識の神殿とも言えよう。上にひるがえる旗には、それを「壊せ」とある。「壊れる」のではなく、むしろ「壊せ」と。ひるがえる旗は、ひるがえる度に、煽り立てているようではないか。

自分自身の中に起こっている変化を自覚しつつ、そこから目をそらさない。恐れもあるにちがいないが、恐れるくらいなら自分の懐(ふところ)に相手を抱き込んで笑ってしまおうというかのようだ。

2021/04/07

再びを調べつつ書く楽しさを吾に給えな越えるべき日々

この歌は、二〇一八年作。作者の願いはここにある。

忘恩というえにしあり花咲けばゆるむこころのあわれなりけり

三枝昂之『遅速あり』(砂子屋書房、二〇一九年)

「忘恩というえにしあり」に、ハッとする。ふつうなら、恩を受けたことで繋がる縁(えにし)かと思うのだが、この歌ではそうではない。恩を忘れる、恩知らずということで繋がる縁があると言う。恩は受けなかったのではない。受けたのに、それを忘れた。あるいは、故意に無視したのであったか。

時が経ってから、ほんとうは恩ある人に恩知らずなことをしてきたと気づく。なかなか辛い。取り返しのつかない程のことであれば、余計に忘れがたく、その人のことを思う度ごとに胸が痛む。そういう人と人との繋がり、「えにし」というものがある。

一首は二句目で切れたあと、「花咲けばゆるむこころのあわれなりけり」と続く。

花が咲く頃には心が緩んで、しきりにわが身の恩知らずぶりが思われたりする。それもあわれなことではないか、と。

表現は古典的、というか、これはもう和歌だ。和歌の格調をもって、言い難いところを歌にし得たという感じがする。この内容を口語で表現しようとすると、収まりがつかなくなりそうだ。和歌風に装うことで、ようやく表白できた思いなのかもしれない。

若い時の身の程知らずは、人の言うことが素直に聞けなかったり、いつも自分の方が正しいと思い込んだり。

その当時は、むしろ自分にとって〈負〉と感じられたことでも、時が経ってみると、あの人があの時ああ言ってくれたから、ああしてくれたから、今の自分がいるのだなと思えることがある。

思い当たることは私にもあって、恥じ入るばかりだ。

人生で〈忘れ得ぬ人〉、その中には「忘恩のえにし」の人も何人か混じっているような気がする。

「あわれなりけり」と言うしかない。ひそかに痛みを抱えながら、恩返しの真似事でもしようか。春、花が咲く頃にもなると、かたくなな心もほぐれて、至らなかった日々のことが胸の痛みとともに思われたりもするのである。

2021/04/09

電柱の根元にタンポポ咲いていて　生命保険審査に落ちる

田宮智美『にず』（現代短歌社、二〇二〇年）

電柱の根元にタンポポの花が咲いているのを見つけた。これだけを見れば、春を感じさせるほっこりした歌に思えるが、「咲いていて」の後、一拍おいて「生命保険審査に落ちる」と続く。上の句と下の句のギャップの大きさ。幸せそうな風景は一転する。

生命保険審査に落ちたということは、それ程の問題を抱えている健康状態であるということだ。「咲いていて」の後の間(ま)には、一瞬の口ごもりがあり、思い切ってその後の言葉を口にしたという感じがある。

「津波にも遭っていないし住む場所も家族もなくしていないんでしょう?」

異常無しと診断されるばかりなり震災より続く月経不順
三十歳（さんじゅう）で被災してより増えてゆく診察券だ角曲がりつつ
孵らない卵を購う　腫れを持つ甲状腺はちょうちょのかたち

作者は山形県生まれ。一九九九年より宮城県に在住。

三十歳のときに東日本大震災に遭遇した。だが、被災しながらも、津波に遭っていない、住む場所も家族もなくしていないということで、補償の対象にはならなかったようだ。震災後、仕事を失ったり、人間関係もうまくいかなくなったりという中で、体調不良も続いている。国の補償は、目に見えるところばかりを対象としているようだが、被災のかたちはさまざまである。人の身体や心にこそ深く及んでいる。

震災から十年。「孵らない卵を購う」には、自らの妊娠・出産にかかわる思いが垣間見えるようだ。「腫れを持つ甲状腺はちょうちょのかたち」は、甲状腺のかたちの方に着地させているが、その甲状腺は腫れているのである。

ここで今一度、「電柱の根元にタンポポ咲いていていて」に戻る。

タンポポが咲いていたところは、電柱の根元だった。発電所からの送電のために立てられた柱の根元。上の句と下の句との関連性が稀薄であるように見えたものが、急に違って見えてくる。生命保険審査に落ちたことと原発事故との関連性があるということがほのめかされているのだとするならば、「咲いていていて」の後の口ごもりの意味も明らかになってくる。

東日本大震災から十年という括りの中で、さまざまな報道がなされているが、その報道には載らないところで苦しみや悲しみを抱えながらも懸命に生きている人たちがいること。そのことを思わずにはいられない。

2021/04/12

今という狭間に揺れる水面のひかりに隠れている暗がりは

近江　瞬『飛び散れ、水たち』（左右社、二〇二〇年）

今、今、今、……。一瞬一瞬は留まることなく、たちまちにして過ぎ去ってゆく。その瞬間の連なりの中に生きている私たち。

揺れる水面が絶え間なく光をキラキラと生みだす。その無数の光の瞬きに目を奪われ、見つめてしまう私たち。

けれども、その「今という狭間に」「揺れる水面のひかりに」暗がりは隠れていると、一首は箴言のような響きをもって読者に呼びかけてくる。

作者は宮城県石巻市生まれ。東日本大震災の時は、東京の大学に在学中であった。大学卒業後、都内で二年間働いた後、石巻の新聞社に勤務。短歌には、古本コーナーで俵万智歌集『あれから』で出会ったという。震災当時、仙台市に住んでいた作者が、子どもを連れて石垣島に移住するまでを詠んだ一冊である。

塩害で咲かない土地に無差別な支援が植えて枯らした花々
「話を聞いて」と姪を失ったおばあさんに泣きつかれ聞く　記事にはならない
継続的支援が大事と書きながら続けば報道価値はなくなる
忘れたいと願ったはずのあの日々を知らない子どもを罪かのように
必要というのはせっかく復興庁の予算を充てられるからということ

新聞記者としての目が働いている歌だ。

「今という狭間に」「揺れる水面のひかりに」隠れている暗がりを見逃すまいと、歌の言葉はシビアになる。現実の表層をなぞるのではなく、奥に潜んでいるものに敏感であろうとする。

被災地を取材しながら、被災者に寄り添うだけでは記事にならない。記事にしたことがうまく反映されていくと報道価値はなくなるというジレンマも感じているようだ。それもまた、新聞記者にとっては「隠れている暗がり」となるのだろう。

近江瞬。本名だろうか。瞬を生きながら、その狭間に、目映いひかりの陰に潜むものに意識的であろうとする者の向かうところを見守りたい。

この一首は、歌集の巻末に置かれている。

2021/04/14

轟きをしばらく宙に残しつつこの世の淵へ降りてくる水

松村正直『紫のひと』（短歌研究社、二〇一九年）

要は、音の速度と水の落下速度とのズレなんだな。「轟きをしばらく宙に残しつつ」「淵へ降りてくる」というのは。

「ある一瞬の水」を捉えて、発生する音と実体との分離を見ている。けれども、実際の滝は、絶え間なく落下しつづけ、轟きつづけているから、細かくコマ撮りでもしないことには「ある一瞬の水」というように捉えることはできない。空を見上げて、音のする辺りよりずっと先に飛行機の姿を確認するのとはわけが違う。

作者のなかで何が起こっているのか。

目で見ているのでも、耳で聞いているのでもない。知識として知っていることを前提として、頭で見たり聞いたりしているのだ。

ところが、「轟きをしばらく宙に残しつつ」「淵へ降りてくる」という言葉になったとたん、知識だったものに命が吹き込まれる。目の前の実際の滝が、知識として知っていたことに裏打ちされたように見えてくる。轟きが聞こえてくる。そこに滝が生命体のように姿を現わす。イデアが命ある詩へと転じてゆく。

さらに、「この世の淵」ともなると、ただの淵ではない。死と接している「この世の淵」というような色合いを帯びてくる。そこには、妖しく人を引き込むような力が生ずる。あぶない、あぶない。誰かと手を取り合って、そこへ引き込まれるのも嬉しいような幻影……。浄瑠璃の一場面ではないか。

詩へと転じたはずが、危うく死へと転ずる淵にいる。

知識だったものが実際の滝と重なったかと思うと、再び別の次元の観念の世界へ。

人間の頭のなかで起こっていることは計り知れない。

こわくない、こわくない、そう、はっきりと目を見開いて水は落下す
めぐりゆく一生（ひとよ）のうちの一瞬をかがやく水か滝と呼ばれて
そこで気を失うような空白の、ましろき滝のなかほどあたり

2021/04/16

ひとすぢに朝光（あさかげ）は入り布のうへの黒く熟れたるアボカドの照る

横山未来子『とく来りませ』（砂子屋書房、二〇二一年）

静物画のような歌だ。

差し込む光の感じは、フェルメールか、ハンマースホイか。静謐にして禁欲的な光の印象。「ひとすぢに」という光の入りかたは、宗教的な啓示ででもあろうか。

朝の光が入り、アボカドが照る。差し込む光に対する、アボカドの感応。問いに対する答えのような。一首の中で主語が入れ替わり、全体として一つの世界を創り出す。

アボカドは布の上にあり、黒く熟れている。その形と色は、何かに似ている。

そうだ、手榴弾！　熟れているともなれば、いつ爆発してもおかしくない。そう思うと、急に不穏な空気がただよう。

熟れた果実が見せるギリギリの状態。次なる展開はどうなるのか。ここで食べられるのか、腐るのか。あるいは、身内に抱えた種を未来に向けて芽吹かせようとするのか。

朝の光は、なにかを促したのだろうか。アボカドは、何と応えたのだろう。

静かな世界のなかで、何事かが起こっている。密やかに光と交信しながら、アボカドは何を企んでいるのだろう。このままではいられない、やはり爆発してしまおうとでも？　大きな展開をもたらしてくれる何者かの手を待ちつづけようと？

光とアボカドとの絵のような光景は、思いのほか緊張感に満ちている。緊張感に満ちて、静まりかえっている。

　をさなごの心をわれに呼ぶごとく冬の朝(あした)の窓に手をあつ
　唇にうすき硝子をはさみつつみづを飲みたり明けがたのみづを
　稲光をふくみ明滅せる雲をとほく見てをり音のなきまま

これらの歌にも静けさが満ちている。そして、どことなく不穏なものを孕んでいるような、透明にして張り詰めた感じ。そこから、じっと耐えつつ何かを希求している作者の姿が立ち現れてくるようでもある。

2021/04/19

匂ひの記憶、ではなく記憶そのものの匂ひとおもふ四月の雨は

魚村晋太郎『バックヤード』（書肆侃侃房、二〇二一年）

匂いの記憶、いや、そうではなくて、記憶そのものの匂い。

思い直しや言い直しは、日常よくあることだ。それをそのまま歌にしている。「匂ひの記憶、ではなく記憶そのものの」と、ここまでが上の句。「匂ひの記憶」の後の読点が効いている。字余りのフレーズを一息に発した後に、思い直して「ではなく」と打ち消していく。会話や思考のなかではよくやっていることも、文字にしてみると目新しい。

雨の匂い。降り出す前の、そして降り出した後の。湿り気を含んだ空気に、埃の匂いや土の匂い、もっと目には見えない化学物質や放射能など、いろいろなものの匂いが入り交じり、いつもよりも嗅覚を刺激してくる。そんな雨の匂いの記憶がある。

けれども、四月の雨は、それではないと作者は言う。「記憶そのものの匂ひ」なのだと。記憶そのものの匂い？「記憶」自体の匂い？

え、何ですかと思う。こんな戸惑いはちょっと楽しい。ちょっとした謎をかけられているようである。謎ならば、自分なりに解いてみたくなる。

〝四月の雨は、過去のさまざまな記憶を引き出す〟ということを「匂ひ」という言葉を使って表現しているのかと思ったりしたが、どうなんだろう。もっと面白い答えが潜んでいるような気もする。

四月の雨、しとしとと降る。草木を育み、花を咲かせる。

春愁。自己の内部から記憶のひとつひとつが引き出されてくるのを手助けするかのように降る、四月の雨。

はじめから記憶のやうに降る雨のなかあらはれる桃色の傘
種子のくるしみはめざめるジュラルミンのつばさを濡らす二月の雨に
三月の雨はおとなふ木の肌がなにもおしへてくれない朝も
まだなにかをわすれたいのかゆりの木はからだをひらく五月の雨に

二月の雨、三月の雨、五月の雨にもそれぞれの表情がある。

2021/04/21

片側を闇にのまれてそよぐ樹を観ればかつてのわたくしならむ

楠　誓英『禽眼圖』（書肆侃侃房、二〇二〇年）

片側が翳っている樹がそよいでいる、という単純なものではないらしい。「片側を闇にのまれて」となると、樹の自由にはならない闇の存在が色濃い。生き物のように、そして、否応もなく樹の片側をのんでしまう闇だ。半身を闇に奪われつつ、それでもなお戦（そよ）いでいる樹。それが、「かつてのわたくし」だという。

かつての自らを「片側を闇にのまれてそよぐ樹」と重ねる作者には、どのような過去があったのだろうか。

跳ねてゐる金魚がしだいに汚れゆく大地震（おほなゐ）の朝くりかへしみる
柩なく死体はならびて窓とまどほのほのあかり揺らめいてゐた
花の色素つきたる兄の骨いだくあの日のわれが雨降る奥に
あかつきに傷をさらして耐へてゐき十二のわれかただよふ浮標（ブイ）よ

作者は、一九八三年、神戸市生まれ。一九九五年の阪神・淡路大震災に遭遇したときは、十二歳であった。詳しいことは分からないが、これらの歌からは兄を亡くしたことがうかがえる。柩もなく並べられた死体、地震とともに発生した火災の炎の揺らめき。その中で、傷をさらしながら耐えていた十二歳の「わたくし」。大地震の朝の、水槽から飛び出した金魚が跳ねながら次第に汚れてゆくさまは、その後に起こったことの前兆のように記憶され、くりかえしくりかえしフラッシュバックするのではないか。

十二歳で遭遇した大震災は、あまりにも苛酷であった。「片側を闇にのまれてそよぐ樹」は、死の側に半身を奪われてしまったかのような「わたくし」なのだろう。

亡き兄のかはりになれぬ日の暮れに礫のひとつは波紋なく落つ

悲壮なる猛禽の叫び天にあり奪はれつづけ残りしかわれ

こういう歌もある。亡き兄を思いつつ、その一方には「死なざるわれ」を置く。死者の代わりにはなれないけれど、生き残ったということもまた痛みであるのだ。

だが、「片側を闇にのまれてそよぐ樹」を「かつてのわたくし」と詠っているのであれば、今の「わたくし」はそこからは脱している。あの日に負った痛みが消えることはないにしても、もう「闇にのまれて」はいないにちがいない。

2021/04/23

白杖の先に桜の花びらが貼りつきてをりそのまま歩く

苅谷君代『白杖と花びら』（ながらみ書房、二〇二〇年）

手にしている白杖。その先に桜の花びらが貼りついているのに、ふと気づいた。季節は、春。白い杖にも、春の華やぎが添えられて、そのまま〈わたし〉は歩く。

白杖を手にはしてはいるが、まったく見えないというのではなさそうだ。杖の先に貼りついた桜の花びらに気づくことができるのだから。

一首は、四句で切れる。白杖を手にしての外出に添えられた桜の花びら。ささやかな喜びがそこにある。そして、結句「そのまま歩く」へ。桜の花びらは、作者にとっては励ましだったか。「そのまま歩く」に力がこもる。杖を突く歩調も確かなものになったことだろう。白杖がようやく馴染んできた頃の歌である。

握手するやうに白杖持つ右手「よろしく」なんてつぶやいてみる
「人はそんなにあなたのことを見てゐない」それでもためらふ白杖のこと

これらの歌は、白杖を持ちはじめた頃の歌だ。視力の衰えが白杖を持たねばならないところまできて、ついに白杖を持つことになった時のためらい。「人はそんなにあなたのことを見てゐない」と言われても、ためらう気持ちは拭えない。そもそも白杖は、持つ人の足元を支えるだけでなく、周囲の人に気づいてもらって注意をうながす役割もあるはずだ。人から言われた言葉をそのまま活かした歌は、その言葉を聞いたときの作者の痛みを直(じか)に伝えてくる。

花降るや　やがて視力を失はんわれと和上の微笑みかはす
十六歳、歌をはじめたわたくしのあこがれは白秋そして先生
ひとつだけ叶ふ願ひがあるならば貪(むさぼ)るやうに本を読みたし

やがて視力を失ってしまうであろうとの思いは、鑑真和上や晩年視力を失っていった北原白秋に向かっている。白秋は、十六歳で短歌をはじめた作者のあこがれの人でもあった。二首目で、「白秋そして先生」と出てくる「先生」とは鈴木幸輔のこと。十代で作りはじめた作者の口語短歌は、当時ずいぶん話題になったという。少女の頃から文学への憧れを胸に歩んできた作者の歳月を思う。

三首目の、「貪るやうに本を読みたし」という願いの切実さ。それは、視力を失う不安や心細さなどをはるかに上回るものであるようだ。

2021/04/26

幾百万突き刺さりくる線描の天のしぶきのサイゴンの雨

梅原ひろみ『開けば入る』（ながらみ書房、二〇一九年）

工具を取り扱う貿易商社に入社し、ベトナムを担当した作者。赴任したサイゴン（現在のホーチミン）で受けたのは、まず雨の歓迎だったようだ。

スコールの激しさは、半端でない。「幾百万突き刺さりくる」という降り方だ。一首はここで切れて、「線描の」「天のしぶきの」と続く。この二つのフレーズは、結句の「サイゴンの雨」にかかる。

読むときは、「線描の／天のしぶきの／サイゴンの雨」。五・七・七のリズムのままに、三句目と四句目がそれぞれに結句にかかり、そこに畳みかけるような弾みが生まれている。「線描の天のしぶきのサイゴンの雨」に見る「の」の繰り返し。四つの「の」の繰り返しということだけに目を奪われていると、あるいは見落としてしまうかもしれないが、ここにあるのは単純な「の」の繰り返しではない。ちょっとした変化球が仕込まれている。そして、一首のダイナミズム。幾百万がひと束になって地上に突き刺さってくるようなサイゴンの雨になる。その勢いたるや、もの凄い！　こんな雨に遭ったら、一瞬にして全身ずぶ濡れだろう。でも、それもいっそ爽快か。遭ってみたい雨だ。

工具とふ愚直さはよし分解と組立手引きのヴィデオに飽かず
贈らるるアオザイはうすき緑いろ梢の高き並木道ゆく
タマリンドの葉影はやさし幼子を抱きあげて乗せるバイクの夫婦

日本から離れた地で、仕事を任されて働く女性の生き生きとした心と身体の動き。キビキビとした動きが歌のテンポにも現れていて、ベトナムでの生活に馴染んで、余裕を持って自分の力が発揮できていることも窺える。

贈られたアオザイを着て並木道をゆく嬉しさや、幼子を抱きあげてバイクに乗せる夫婦へのまなざし。そこには、海外にあって、自然体で仕事をしている人の頼もしさがある。

2021/04/28

千人の午睡を運ぶ巨大機の三万フィートの春のたそがれ

谷岡亜紀『ひどいどしゃぶり』（ながらみ書房、二〇二〇年）

催眠術にでもかかったような時間が流れる。

高度三万フィートを飛ぶジャンボ機。その中に人々は眠ったまま運ばれてゆく。そんな春のたそがれである。

「千人」「三万フィート」と出てくる数詞が、ここではまるで現実感がない。夢の中のことのようにぼやけている。でも、たくさんの人を乗せたジャンボジェット機が三万フィートを飛んでいるのは現実だった。

何処へ向かって飛んでいるのか。午(ひる)の睡(ねむ)りを貪っているうちに人々は何処へ運ばれてゆくのか。考えることをやめて、時代とともに流されてゆく現代人の姿そのものがそこにあるようだ。「千人」とか「三万フィート」とかいう数詞も、むやみに肥大化した空虚を思わせる。危うい現実。

そして、「千人の」から始まり、「春のたそがれ」で終わる一首の緩やかな調べ。言葉ひとつひとつは現代であっても、古典の「春のたそがれ」の名歌のようである。このテンポでは、催眠術にかかってもおかしくはない。このテンポがまた、現代に対する批評に繋がっている。いいのか、そんなに暢気にしていて、何処へ向かっているのか知れたものではないぞ、というような。

だが、今、コロナ禍のなかでこの歌を読むと、この歌の現代への批評性も〈過去〉になってしまったようで、ちょっとショックである。午の睡りを貪っているうちに運ばれた先が、〈今〉であったということか。

心さえ無ければなべて楽しきと鳩散る空の秋の黄昏

こちらは、「秋の黄昏」の歌。西行の「心なき身にもあはれはしられけり鴫立つ沢の秋の夕暮」のパロディだ。

心を無くし、楽しんでいるうちに、世界では何が起こっていたか。楽しければいいじゃないかと、敢えて見ようとしなかったつけは必ず来るだろう。「鳩散る空」が見せていたものは何であったか、あらためて考えなければならない時が来る。

「今日われは霞を食う人、夕光（ゆうかげ）の中の遊びのごときわが歌」と自らを詠いもしている作者。だが、その歌は、古典を本歌とするときでさえ、現代に、現代の危うさに、食らいついている。

2021/04/30

脚が脚が、とひとの呻きに始まれるこの家の朝（朝死ねと思う）

なみの亜子『そこらじゅう空』（砂子屋書房、二〇二一年）

人のうめき声で始まる朝なんて、誰も望みはしないだろう。それも、毎日、毎日、目が覚めれば、ひとの呻き。そこから始まる一日、一日。

朝なんか来るな、朝なんか死ね、と思うのも無理はない。

この世にもう心のはずむことのなしくるくるしいと鳩の遠鳴く
うたのこと父母のこときみのことほんま言うたらもうめんどくさい

遠くで鳴いている鳩さえ、「くるくるしい」と鳴く。「この世にもう心はずむことのなし」の言い切りの強さは、作者の悲鳴だ。作者を苦しめているのは、脚が脚がと呻くひとだけではなく、歌も父母もで、何重にも苦しみにのしかかられている。「ほんま言うたらもうめんどくさい」は、思わず関西弁で出た本音なのだろう。

けれども、どれも簡単には投げ出せないものだから、苦しみを抱えたまま、今度は作者自身の呻きが洩れる。（朝死ねと思う）である。括弧で括られているのは、声になる以前だから。まだ「朝死ね」と声にして発してはいない。むしろ、声にして発してしまえれば、いくらか苦しみを発散できるのかもしれない。だが、抱え込んだままでは心身ともに疲れ切ってしまう。

朝がきて目覚めることの絶望にはじまるひと日ようやく冬日
次第に家人に居られるだけで体調の狂うわが身にわが身のうめく
うめき声にはじまる朝をいったんは発つのだ犬とボールと
傷み老い　わたしのまわりの誰彼のかぶせてながきこの世の蓋よ

飼い犬との時間だけが救いのようであった日々にも時は流れ、母が逝き、介護度を上げた父は独居に。そして作者は、ついに呻きの家から出ることになった。周りの人たちから被せられてきた蓋をついに外すことにした。人間の我慢にも限界がある。なにもかもを一人で背負い込むことはできないし、疲れ切ってしまっては考えることさえできない。そう分かっていても、自分さえ我慢すればと頑張りすぎてしまうのも人間なのである。

ながくながく頑張りすぎた私につくつく法師なつかしく鳴く

ようやく普通に聞こえてきたつくつく法師の声だったにちがいない。「なつかしく鳴く」と聞こえるまでに、鳴いていても耳にさえ入らなかった長い時間があった……。そのことを思うと胸が痛くなる。

2021/05/03

浅き川隔てて向かう岸のあり光のごとく開く鷺草

橋場悦子『静電気』（本阿弥書店、二〇二〇年）

鷺草は、夏に白鷺が羽を開いたような形の花を咲かせることからその名がある。山野の湿地に自生するが、今は自然の中で見られるところは減ってしまったらしい。私も鉢植えでしか見たことがない。

この一首は、いまだ鷺草が自生しているところのようだ。

浅い川を隔てた向こう岸、鷺草はそこに咲いているのだろうか。白さが際だって光って見えるのだろう。それにしても、草丈二十〜三十センチほど、花の大きさは三センチほどの鷺草だから、中を隔てているのも小川というほどのものかもしれない。

懐かしい田舎の小景といった感じ。間に川を挟んでいることによって、景に広がりが生まれている。抜け感がある。そこに、「光のごとく開く鷺草」だ。美しさが際立つ。そして、ほっと息がつける。

白いところは白い絵の具で塗りつぶすモローの絵には空白がない

この歌は、歌集の同じページに並んでいる歌である。こちらは、モローの絵。

ギュスターヴ・モロー、フランスの象徴主義の画家。聖書や神話を題材にした幻想的な作風で知られる。その繊細に描きこまれた絵の愛好者は多いようだが、その絵を作者の目は「白いところは白い絵の具で塗りつぶす」と見ている。塗り残しに表現価値が見いだされるまでは、油絵は全体に絵の具を塗るものであって、白いところには白い絵の具が塗られていたと思うが、モローの絵では繊細さゆえに余計にそう感じられたのだろう。「空白がない」と。

目の敵にされたようで、ちょっとモローには気の毒な気がするが、作者には「空白がない」のが堪（たま）らないのだ。白いところにまでわざわざ白い絵の具を塗る必要はないだろうと言いたいのだ。「塗りつぶす」にその気持ちがよく現れている。

空白がほしい。透き間なく塗りつぶされるのはご免だ。そう思う作者は、あるいは息が詰まるような現実に向き合っていたのかもしれない。まさにモローの絵に感じた「空白がない」状態にあって、そこを打開すべくもがいてもいたか。

それに対して、鷺草の咲く岸辺の、ほっとする広がり。モローの絵の対極のようである。その景に元気づけられて、再び苛酷な日常のなかに戻っていけたことだろう。

2021/05/05

常に世界にひかりを望むといふやうな姿勢ゆるめて緑蔭をゆく

荻原裕幸『リリカル・アンドロイド』（書肆侃侃房、二〇二〇年）

初夏にもなると、急に陽差しが強くなる。気がつけば、強い陽差しを避けて、木陰を選んで歩いていたりする。

世の中はいつだって「ひかり」を望んでいるようだけど、時には「ひかり」を避けたい場合もあるでしょう。今日は、「常に世界にひかりを望む」というような姿勢をゆるめて、緑蔭を選んでゆきますよ。というのが、この一首の静かな主張だ。

「常に世界にひかりを望むといふやうな姿勢」に見られる正義感。たしかに、それは正しい。世界に闇を、ではなく、世界にひかりを、だ。だが、「常に世界にひかりを望む」となると少し違うような。「ひかり」以外はすべて否定され、思考の柔軟性は失われてしまう。

「緑蔭をゆく」作者は、そういう「姿勢をゆるめて」ゆくと言う。「常に世界にひかりを望むといふやうな姿勢」を否定してかかるのではなく、おそらくは自分自身の中にもあるものとして認めつつも、思考の柔軟性は失ってはならないと言うのではないか。

ほらね、陽差しを避けて緑蔭をゆくってこともあるよね。「ひかり」ばかりが望まれているわけじゃないでしょ、「ひかり」を避けたところが快適ってこともあるでしょ、と。

初句から字余りをものともせず、散文的なひとつづきの表現で結句の「緑蔭をゆく」へ。そこには、言いたいことを手放さず最後まで言い切る作者の姿勢がうかがえる。

母音のみのしづかな午後にペダル漕ぐ音を雑ぜつつゆく夏木立
新緑はご覧のスポンサーの提供であなたの窓にお送りします
人の内部はただの暗がりでもなくてあなたの底の万緑をゆく

静かな午後に自転車を漕いでゆく夏木立。窓から見える新緑の風景。人の内面が見せてくれる万緑。

この作者の手にかかると、すでに知っているはずのものが詩的で、新鮮なイメージとして見えてくる。

2021/05/07

水槽の中を歩いているような日は匿名になり月になる

笹川　諒『水の聖歌隊』（書肆侃侃房、二〇二一年）

「水槽の中を歩いているような日」とは、どういう感じだろう。浮遊感があって、現実から隔たっているという感じだろうか。

水の中では、他者とコミュニケーションを取ろうとしてもできない。水の膜に包まれた「わたし」は、他者と切り離されて、「わたし」だけになる。他者がいないところでは、「わたし」を特定するための名前は要らない。「わたし」は「わたし」、ただそれだけだ。「匿名になり」というのは、そういうことを言っているのだろうか。

では、「月になる」とは？

太陽は自ら光や熱を発する主体的存在だが、月は他から届く光を反射させるのみ。そして、地球の周りを回る。ならば、「月になる」とは、何かの周りをぐるぐる回ることか。なにか（誰か？）の衛星のようになって、それについてずっと思いをめぐらせる。それは、外からは見えない。自己の内面との対話。

一人になって、ものを思っているときは、たぶんそんな感じになっているのではないだろうか。実名など何の要もなさないところで、ただ「わたし」がいて、何かについて思いをめぐらせている。「匿名になり月になる」とは、そういうことなのかもしれない。

この一首を五・七・五・七・七で区切ってみると、下の句は「日は匿名に／なり月になる」となる。このイレギュラーなリズムも不思議な感覚にいざなう。

優しさは傷つきやすさでもあると気付いて、ずっと水の聖歌隊

この歌の下の句も、「気付いて、ずっと／水の聖歌隊」とイレギュラーな弾みを見せている。そして、「気付いて、」までは割とすんなり分かったような気にさせられながら、終わりに来て、「ずっと水の聖歌隊」の唐突さにちょっと迷子になる。

優しさは傷つきやすさでもあるということ。そのことに気づいてから「ずっと水の聖歌隊」。つまり、人に接近しすぎず、少し離れたところから優しさを籠めて祈りの歌をうたいつづけているというのだろうか。

「優しさ」についての考察と、それに対する自らの態度と。作者の繊細さが言葉を探している。

歌集のあとがきには、「言葉とこころ、自己と他者、現実と夢……、（中略）今日はここまで考えた、こういう感覚があった、ということを短歌という詩の形で記すようになり、（以下略）」とある。言葉にとどめにくいものを、なんとか短歌のかたちにしようという試みが続いている。

2021/05/10

母死なせ生きのびしわれ死にしわれ寄り添ひて立つ自販機の前

川野里子『歓待』（砂子屋書房、二〇一九年）

母を死なせて生きのびた「われ」。そこには、母の死とともに死んでしまった「われ」もいて、寄り添って自販機の前に立っているという。

何か飲み物でもと思って、自販機の前に来たのだろうか。母の死後、ようやく一人になれた時間だったのかもしれない。張り詰めていたものが緩んで、自分のことも少しは考えられるようになったとき、母の死とともに自分の中の何かが失われてしまったことも知ったのだろう。自販機という四角い機械の前に、呆然とたたずむ作者の姿が目に浮かぶようだ。

レントゲン当てられしばし息とめてゐるなり明日死ぬ母が
母死なすことを決めたるわがあたま気づけば母が撫でてゐるなり
袖口の汚れしコート着てをればその袖口を哀しめり母

これらの歌は、死を前にした母の姿である。生の終わりが近づいているなかで、命はこんなにも健気に生きようとしている。

レントゲン撮影にしたがって、素直にしばらく息を止めている母。延命はしないと決められたとも知らず、その娘の頭を撫でている母。娘の着ているコートの袖口の汚れを哀れがる母。
こうした母の姿を歌にとどめながら、娘は母の最後の姿を愛おしんでいる。この世にあって、母と娘の時間がこのときに浄化されていったようでもある。

間違ひとは思はねど母の生き方のすり減るやうな丸さが嫌ひ
ああそこに母を座らせ置き去りにしてよきやうな春、石舞台
全方位晴れてゐる冬「さよなら」と言はれてをりぬ「またね」と言へば

娘にとって母は、最も身近なところにいる同性だから、生き方の手本ともなれば、時には厳しい批判の対象ともなる。作者の場合には、自分の生き方の手本とはなり得ず、母に対して厳しい見方をしてしまうこともあったのだろう。千葉と九州とを往復する、長い介護の時間のなかでも、寂しい思いや辛い思いをお互いにしたりさせたりすることもあっただろう。
だが、最後に見せてくれた母の姿は、それまでのすべてを清らかで温かいものに変えてくれたのではなかったか。母が、その死によって娘に残してくれたもの。「母死なせ生きのびしわれ死にしわれ」には、涙を堪えながら、こころの奥で深く納得している声の響きがある。

2021/05/12

「お母さん」呼べば「はい」とうこのうつつ昨日も今日もわれの幸福

冬道麻子『梅花藻』（ながらみ書房、二〇二一年）

「お母さん」と呼べば、「はい」と答えてくれるこの現実が、昨日も今日もあって、それが私の幸福だと言う。実に平凡なことであるけれど、作者にとっては何ものにも代えがたい「われの幸福」であった。

作者は、九歳頃に身体の異常を自覚し、十六歳の時に難病と分かり、二十一歳の時に筋ジストロフィーの診断を受け、二十九歳の誕生日を目前にしたある日、座布団に躓いて転倒し、それ以後は寝たきりの状態になった。それからというもの、ずっと傍にいて介護してくれたのが母だったのである。

「お母さん」と呼ぶ作者は病床にあり、呼べばすぐに返事をしてくれるところにいつも母がいてくれる。この安心感は得難いものだったろう。相手が母だからこそでもあったにちがいない。

ところが、その母も年をとり、認知症の兆しが見えてくる。

何事ぞ母はときどき惚けてはわれを奈落のさみしさに置く
如何にせん床(とこ)つ身われの介護人ははの頭のちらかりゆくを
跪きわれのベッドに顔伏せて母はしずかに「疲れた」と言う

清拭が母からヘルパーに代わるきょう大の字に九月の空を見て待つ

母の介護に限界がきて、ついに清拭もヘルパーの手を借りることになる。安心して身を委ねていられた母とは違って、介護を受ける前から身体は身構えてしまうようだ。いかに母の手が有り難いものであったか、老いた母を思いやりながらも深く思い知らされたことだろう。

行く末を思い煩う日もあれど施設の母と離れ生きゆく
お母さん三十年の介護ありがとう毎日新たにおもわるるなり

後の歌には、「ヘルパーに代わりて八年となる」の詞書がある。作者の介護は、すっかり母の手から居宅介護士たちの手に代わっている。そうなって八年、毎日更新される母への感謝の念が物語るもの。作者の長い闘病生活は、母の長い介護生活であった。作者の、母への「ありがとう」の思いは尽きることがない。

現在、母は特養老人ホームにいて、コロナ禍ということもあって会うことも叶わないという。

2021/05/14

口にすれば消えさうなもの兆し来てしばし緘黙　会話のさなか

久保田　登『手形足形』（いりの舎、二〇二一年）

口にしたら消えそうなものが内側から起こってきて、しばらく黙り込む。そういうことはある。言いたいような、でも、言ってしまったらそれでお終いになってしまいそうで、会話の途中だというのに黙り込んでしまう。「口にすれば消えさうなもの」というのが、そうとしか言いようがない感じだ。

言わんとすることが微妙で、それを言葉にしようにも、どんな言葉もしっくりしないということもある。

言わぬが花、それを言っちゃあお終い（しま）よ、ということもある。そういうときは、奥ゆかしく黙っているのがいいだろう。

口にした途端、大切にしていたものが心の中から抜け出して、後には何も残らないということもあるだろう。口にしたら消えてしまいそうな儚いものなら、いっそう黙って、いつまでも心の中に留めておいた方がいいのかもしれない。

一首は、さりげなく始まり、「しばし緘黙」で止まる。まさに「しばし緘黙」の態（てい）である。「緘黙」という熟語を使っているのも、ストンとそこで動きが止まる感じだ。そして、一字空けで結句の「会話のさなか」が来る。ごく自然な運びで、余計な感情は交えずに一首が着地する。

会話の途中で急に黙り込んだ人の内面では、口にされる以前の言葉が静かに、けれども熱をはらんで渦巻いているようだ。

もつと怒れと人をけしかけ飛びまはる熊ん蜂けふは胡瓜の畑
全身を覆ふ皮膜のやうなもの食ひ破るべし歯の鋭きうちに

怒りを露わにしたり、激しいもの言いをしたりはあまりしない人なのだろう。穏和で、中庸を好むといった人柄。そういう人だからこそ、時には自分自身に対して「もっと怒れ」とも、「おのれ自身を食い破れ」とも思うことがあるのだろう。そして、黙らずに、もっと怒りを露わにして言わなければならないことが世の中にはたくさんあるというのも事実だ。

颪にとつては人も欅もおなじこと　がうつがうつと吹き過ぎて行く

2021/05/17

カツレツの厚みや苺の個数にも差をつけたがるわが妻の愛

岡本　勝『花の季節』（本阿弥書店、二〇二一年）

見比べて、カツレツなら少しでも厚みのある方を、苺なら数の多い方を自分にくれようとする。そこに夫は、妻の愛を感じている。

愛を言うのに、カツレツの厚みや苺の個数が出てくるところがいい。日常の暮らしの中で示される妻の愛の、ささやかだけれども、何とも言えない温かさ。また、その愛に気づく夫の、妻を思う気持ち。（こういう愛情表現に少しも気づかない夫も、世の中には大勢いることだろう。）

「差をつけたがる」という表現もいい。そんなことしなくてもいいのに、という思いが滲む。けれども、そこにも愛を受け止めている嬉しさがあることは言うまでもない。

午前四時寝床に入れば暁闇に「ホトトギスよ」と妻の声する
中天にかかれる月を見よと呼ぶ秋のテラスの妻の後姿（うしろで）
父母見舞ひ夕べ帰れば「三日月が出てる」と凍てぞら指さす妻は

こういう愛の示しかたをする妻でもある。ホトトギスの声を、空にかかる月を、一緒に聴き、一緒に眺めようと夫に呼びかけてくる。

明け方まで仕事をしていた夫を、老いた父母を見舞って帰ってきた夫を、直接的な言葉で労うのではなく、ふっと違う空間に連れ出すことで温かく包み込む。同じ方向を見て、こころを寄り添わせるところに、この夫婦のかたちが浮かび上がる。

作者は、仙台市在住。夫婦ともに東日本大震災に遭遇し、閖上や荒浜のその後の様子も身近に見つづけている。老いてゆく父母を見舞い、やがて父を送り、自分たちも衰えてゆく身体を労り合うところにきている。

夫婦で負う、さまざまな悲しみや寂しさ。その中には、もう一つの悲しみがあるようだ。

季(とき)を遅れ咲くゆふがほに自裁せしわが娘(こ)おもふもかなしかりけり
冬ざれの庭に赤き実ともりゐて亡き子顕ちくる逢魔が時は

言葉を超えたところで支え合っている夫婦の時間が、濃やかな愛情表現となっているのだろう。

2021/05/19

俺もオレもここに居るぜとウインクす日よけに植ゑしゴーヤーの子ら

秋山佐和子『豊旗雲』（砂子屋書房、二〇二〇年）

かつてゴーヤーマンというのもいたけれど、緑濃いイボイボ姿の苦瓜は、いかにも「俺」と言いそうだ。

グリーンカーテンとばかり、日よけ用に植えたゴーヤーが実って、幾つも顔を覗かせている。そして、それらが「俺もオレもここに居るぜ」とウインクするという。やんちゃ坊主たちの励ましである。元気を出さなくては、と思ったことだろう。

夫の病が膵臓癌で肝臓にまで転移していて、手術はできず、抗癌剤治療によってあと一年か半年と余命宣告を受けたのが、二〇一三年の晩秋のこと。夫は治療を受けつつ、病院の院長としての仕事をできるかぎり続けることを選択した。その夫に寄り添うなかで歌は詠まれている。

少しでも夫の身体に良い新鮮なものを食べさせようと、妻はベランダ菜園で野菜を育てては食卓に供す。

草色の布に包める夫の昼餉　ベランダ菜園のパセリにラディッシュ
きうり用の網を明日は求めむか空を探れるあまたの蔓へ
ゆふべ煮付けし茄子とズッキーニよく冷えて蕎麦のお菜に夫のよろこぶ

ベランダではパセリにラディッシュ、胡瓜、さやいんげんも収穫できたようだが、ゴーヤーは食用と言うよりも日よけ用だった。作者にとっては、思いがけない恵み。緑濃いイボイボ君たちは、「俺たちもここに居るぜ」と夏の陽差しに光ってみせている。頼もしい味方を得たようなひとときだったにちがいない。

前あきのテープに止めるシャツがよし胸に点滴用の穴あけし夫
アナベルと小さく呼べば紫陽花の薄水色の花鞠ゆらぐ

夫の病状は少しずつ進み、胸に点滴用の穴をあけた。その歌につづく「アナベル」の歌。アナベルは、白い花を咲かせる紫陽花の品種だが、この時の作者には「薄水色の花鞠」と見えている。少ししめやかな色合い。「アナベル」と小さく呼びかけて、「胸に穴をあけたんだよ」と夫の病状を知らせたのかもしれない。紫陽花は花鞠を揺らすことで、それにそっと応えてくれたのだろう。

人には言えないことを黙って受け止めてくれるものの存在は大切だ。苦しさを抱えているときには、特に。

限られた命を生きる夫に寄り添い、なんとか頑張ろうとする日々に、身のまわりの植物たちが見せてくれたささやかな励まし。その励ましを感じながら、ともすれば落ち込みそうになる気持ちを引き立て引き立て、妻は夫に柔らかな笑顔で向き合おうと努めたことだろう。
病気が分かった翌年十一月三日に、夫は永眠。享年六十七だったという。

2021/05/21

籠り居の日々にしあれど今の今　未来の時間（とき）の最先端よ

春日真木子（「歌壇」二〇二一年六月号）

今、この一瞬一瞬が「未来の時間（とき）の最先端」であるということ。

ほんとにそうだ。籠り居の日々であればこそいっそう、「今」というこの瞬間に意識的であらねばと思う。そして、憂うること無かれ、道はやがて開かれん。落ち込んでいては始まらない。

「籠り居の日々にしあれど」の「し」は、強意の助詞。籠り居の日々、ほんとにそうなんだけど、「今の今」たった今が、未来へ向かう時間の最先端なんだよ、と自分自身に言い含めているようでもありながら、そこで終わってはいない。「今の今」で切って、一拍おいた後に来る「未来の時間（とき）の最先端よ」。それが読む者への励ましにもなっている。

コロナ禍で外に出かけることを控え、家に籠ってばかりでは気持ちも塞がってくるが、如何にそれを打開するか。塞ぎ込んでばかりはいられない。「今の今」が生きている時間の最先端であることは、コロナ禍であっても変わることはない。心を立てて、前を向いていこう。
作者は、大正十五年生まれ。御年九十五歳。（それがどうした、と言われそうだが）

あまりにも過ぎゆく速きわが時間　節約ならず蓄へならず
ああ今日も二本の足に立ち上がり二本の手もて摑めよ自由

この精神の健やかさ。昭和と平成のすべてを経て、その間に数えきれないほどの困難をも乗り越えてきたであろう人の強さ。今日（こんにち）のような状況下にあってもめげてはいない。とても敵うものではないけれど、少しでも見習いたい。しなやかにしぶとく、この日々を凌いでいかねば。

2021/05/24

むなもとに天道虫がとまりたりいつも通りをぼやぼやゆけば

相原かろ『浜竹』（青磁社、二〇一九年）

道を歩いていたら、胸元に天道虫がとまった。そういうことがあったら、それだけでなにか得したような、楽しい気分になるにちがいない。

天道虫にもいろいろな種類があるようだが、よく知られているのはナナホシテントウ。つやつやの赤に七つの黒い丸というデザイン、そんな虫を創り出した自然のはからいに、今さらながら目を瞠る。

出会いは、意図されたものではない。「いつも通りをぼやぼやゆけば」、たまたま天道虫が胸元にとまってくれたという。なんという幸運か。

「いつも通り」は、いつものとおり、普段と変わらずに、ということであるとともに、「いつもの通り」、歩き慣れている道ということでもあるのだろう。

「ぼやぼやゆけば」とは、なかなか言えるものではない。「ぼやぼや」とくれば、「ぼやぼやするな」と叱られるのがオチだ。でも、ここでは「ぼやぼやゆく」。叱る人もいない。集中力散漫、何を考えるでもなく、ぼやっと歩いてゆく。

この力の抜け方。勝手に私は、この作者を〝脱力系歌人〟と呼んでいる。歌は、〝ただごと歌〟の進化形とも。

ここまでくれば、技である。力を籠めるよりも、力を抜く方がよほど難しい。力を抜いたつもりでも、どこかに緊張が残っていたりするものだ。

駅前に集まっているタクシーの屋根に映っていく雲もある

屋根のあるプラットホームに屋根のないところがあってそこからが雨

屋根の歌を二首。

何をどんなふうに見ているか。タクシーは駅前に集まっているのであり、雲の中にはそのタクシーの屋根に映っていくのもあるのである。屋根のあるプラットホームだが、先の方には屋根のないところもあって、雨の日にはそこからが雨に濡れる。

それこそ、私たちが普段「ぼやぼや」見ている（いや、見てはいない）ものが、このように表現されることで見方を一新される。

力を抜くから感じられること、見えてくるものがある。それを表現してみせる作者は、けっして「ぼやぼや」なんかしていないのだ。「ぼやぼや」しているのは、こちらであった。

2021/05/26

ありふれた土器のかけらのような午後黒ビールなどちょっと思った

坪内稔典『雲の寄る日』（ながらみ書房、二〇一九年）

口語の歌でありながら、大人の歌。自在な感じでありながら、定型にピタリと収まっている。

「ありふれた土器のかけら」に喩えられた午後とは、どんな午後なんだろう。縄文や弥生時代の、赤茶けた土器の風合いが思い浮かぶ。素朴で飾り気のない、それでいて時を経てきたものの持つ味わいが備わっていて、どこか懐かしい。晴れていて、土くさい風が吹いているような、ありふれた午後なのかもしれない。なにしろ「黒ビールなどちょっと思った」というわけなんだから。

大人の歌と思ったのは、ない。「など」と「ちょっと」の出し方が大人ではないか。余裕がある。

こんな午後は、黒ビールなんか飲みたいねと、ちょっと思ったのだ。ちょっと思っただけだから、実際に飲みはしなかったのだろうが、そんな気分のいい午後だったにちがいない。全体の軽やかな感じがまた、その時の気分を表している。

そら豆の緑みたいな感情をころがしている一人の夕べ

こちらは、「そら豆の緑」に喩えられた感情。

そら豆の緑は、薄緑と言ったらいいのだろうか、少し灰色が混じったような淡い緑色。ちょっとくすんでいて、落ち着いた色合いだ。そういう感情を「ころがしている」というのだから、そら豆の形も、たぶん青臭いような匂いも、意識されているにちがいない。

幼い頃、あるいは、ふるさとのことなどを思っているのかもしれない。そんな一人の夕べなら、少し寂しくても充実していそうだ。

比喩に用いられているそら豆の印象が尾を引いてか、この歌から私は生ビールなどちょっと思った。

2021/05/28

渡さないですこしも心、木漏れ日が指の傷にみえて光った

平岡直子『みじかい髪も長い髪も炎』（本阿弥書店、二〇二一年）

「渡さないですこしも心」という表現がもたらす感じ。なんだろう、これは。単純な倒置とも思えない、ちょっと捻れたような不安定感。妙に気になる。求めても得られない心ならば、むしろ、このまま少しも渡さないでいてほしい、と言うのだろうか。少しでも渡されたら思い切りがつかないから、初めから少しも心なんか渡さないでほしいと？そういうことを言っているにしても、そのまま言葉通りには受け止められないような感じが「渡さないですこしも心」にはある。本心は、言葉とは裏腹のところにあるような。何も始まっていないようで、傷ついていないというわけではない。木漏れ日が指の傷に見えたりしているのだから。

他者との関係における微妙な心理。一つに絞りきれない感情が、「渡さないですこしも心」のちょっと捻れたような不安定感に現れているようだ。

この状態は切ないけれど、そう悪くもない。満たされない状態を、しばらくはそのまま楽しみたいような気もしてくる。そういう余裕も、この歌にはあるように思う。

あまりにも夏、とても夜、一匹の黄金虫が洗濯を見ていた

これはまたデタラメっぽい始まりの歌だ。

「あまりにも夏、とても夜、」とは、初めからトップスピードで飛ばしているようではないか。で、その続きが「一匹の黄金虫が洗濯を見ていた」。これでは動きは止まっている。動いているのは、洗濯機のなかの渦くらいだ。

飛ばしていると思ったのは、どこへも向かいようのない孤独の深まりであったか。

夏の夜、洗濯をしている傍らには一匹の黄金虫だけ。それを孤独などとは言わない。ただそこに生きている者がいるだけ。そして、黄金虫が見ていたのは、「洗濯をする人」でも「洗濯機」でもなく、「洗濯」という行為そのものであった。


洗顔のうしろで夏は明けてゆきわたしのさみしさに手を触れなさい

2021/05/31

水中では懺悔も口笛もあぶく　やまめのようにきみはふりむく

工藤玲音（れいん）『水中で口笛』（左右社、二〇二一年）

「水中では懺悔も口笛もあぶく」とは、よく言ったものだ。確かに、水中では、懺悔をしようとしても、口笛を吹こうとしても、「あぶく」になってしまうだろう。

「水中では」と字余りで始まった歌は、「懺悔も口笛もあぶく」と二句目、三句目はひと続きに十二音。一字空けた後の下の句は、平仮名ばかりの「やまめのようにきみはふりむく」。いや、平仮名は「あぶく」から既に始まっており、一字空けによる場面転換も鮮やかに、清流の中に「きみ」の動きを描き出す。

漢字の多い上の句に対して、下の句のひらがな表記。思考と、そこから広がった生き生きとしたイメージとがうまいバランスで表現されている。

そして、「わたし」から「きみ」へという思いのベクトル。

「あぶく」は、懺悔だったのか、口笛だったのか、いずれにせよ「きみ」に向けられたものであったはずだ。「きみはふりむく」は、それに対する反応。言葉や音の響きであれば、そこにあったはずの意味が、「あぶく」となっては消されている。それでも気づいて、「きみ」は振り向くのだった。

水の中という設定から生まれた瑞々しい青春歌。「わたし」と「きみ」の、思いの作用・反作用が、最もシンプルな形で詠われている。

すずらんのふるえるように拒否をしてあなたの纏う沈黙を見た
とっておきの夏がわたしを通過する鎖骨にすこしだけ溜めておく

これらの歌も、漢字とひらがなのバランスが美しい。

対象は、「きみ」から「あなた」へと変化している。相手をどう呼ぶかによっても、印象はだいぶ変わってくる。それはまた、作者の中の変化でもあったのだろう。

作者は、一九九四年生まれ。岩手県盛岡市渋民の出身。

渋民と言えば、石川啄木。今までずいぶんと啄木に喩えられたり、比べられたりしてきたという。そのことにうんざりさせられた時期もあったようだが、この歌集は啄木の没年（二十六歳）までに出したいという思いで纏められた。そして、あとがきの最後には次のように記している。


おわりに、石川一さんへこの歌集を捧げます。

どうだ。わたしはいま、ここにいます。


実に頼もしい。

これから作者は、啄木の生き得なかった年齢を生きていこうとしている。

2021/06/02

耳たぶを噛み合うように薄情なことを互いにさらけ出そうよ

久石ソナ『サウンドスケープに飛び乗って』（書肆侃侃房、二〇二一年）

薄情なことなど、できたらそっと隠しておきたいものだろう。けれども、ここでは「互いにさらけ出そうよ」と言っている。いい顔ばかりを見せる必要はない、良い人ぶることもない。お互いに隠しておきたいようなこともさらけ出そうよ、本心を隠さずに見せ合おうよ。そう言うからには、心許せる相手なんだろう。「耳たぶを噛み合うように」という比喩。耳が痛いようなことも、耳に辛いようなことも、ということを言っているのだろうが、それだけに留まらない感じだ。お互いの耳たぶを甘噛みし合うようなイメージ。エロチックである。

プラトニックラブはもう卒業した、と言っているような。

好きな相手を口説いているのであるな。

この一首に続くのは、次のような歌だ。

やさしさの使い道なら知っている涙をぬぐう指先の向き
飲み残した酒をシンクへ流し込む　旅立つ前の鐘の音がする
海を知る電車に人はぼくらだけ誰かの忘れ傘が揺れてる

物語が始まっている。

「やさしさの使い道なら知っている」なんて、殺し文句ではないか。飲み残した酒は「シンクに流し込」み、旅立ちの鐘の音を聞くのである。そして、「海を知る電車」には、「ぼくら」と誰かの忘れていった「傘」だけ。

役割を担いたいよね灯台は午後五時にひかりを宿す
じっと海を眺める窓が曇るほど近づけている顔の静けさ

「じっと海を／眺める窓が／曇るほど／近づけている／顔の静けさ」、口語が刻むリズムが切なくひびく。特に、二句から三句にかけてのあたり。結句で見ているのは、相手の「顔の静けさ」。切なさは、そこからも来る。

2021/06/04

「授業の後に巨人戦を観るのが夢」と語る青年　ころなしき夢

森本　平（「短歌」二〇二一年六月号）

「夕刻に病む」十二首より。

世の中、コロナに明けて、コロナに暮れる。こんな状況が、既に一年半近く続いている。そしてなお、いつになったらこの状況が終息するか、まったく分からない。

授業が終わったら、その足で球場へ駆けつけて、メガホン片手に巨人戦を観ることなど、一年ちょっと前には青年にとっては普通にできていたことだろうが、今は「夢」として語られている。

今まで当たり前のように出来ていたことが出来ない、そういう非常事態のなかに生きている私たち。この状況を表すのに相応しい形容詞はあるのだろうか？　既成の言葉になければ、創るしかない。

「ころなしき夢」。「ころなし（ころなしい）」という言葉に初めて出会った。

「ころなし」としか言いようがない作者なのだろう。

ああ蜂がいたるところでこうるさいまあころなしい世の中だからね
あーだこーだうーだあーだの言の葉のころなしければしばしかなしも

コロナ禍を巡って、いろいろな所で、いろいろな人が、いろいろなことを言っている。けれども、何が正しいことなのか、判断するのは難しい。こんな中でも、大事なことは隠されたり、曖昧にされたりしているようで、言葉は「あーだこーだうーだあーだの言の葉」となってしまう。「まあころなしい世の中だからね」「ころなしければしばしかなしも」には、この状況をなんとかしようにもどうすることもできない不甲斐ない思いが窺える。ちょっと茶化したような表現のなかに覗くペーソス。しかし、コロナ禍さえ利用して粛々と進められていることにもアンテナは張られている。

蚯蚓の君はこんぷらいあんすに潜り込み人を殺むる言葉を探す

ひらがな書きの「こんぷらいあんす」にゾワッとする。コンプライアンスさえ本来の意味を失って、お飾り的に利用されている向きがあるのかもしれない。そこに潜り込む「蚯蚓の君」は、至るところに居そうである。

ともあれ、非常事態が長期化する中では、ストレスを溜め込むのは禁物だ。ストレスによって免疫力も弱まるという。

人生の夕刻に病む　といいながら温きスープをすするのである

「人生の夕刻に病む」と言うくらいの余裕を残しながら、身体には栄養を。
ところで、作者の創り出した「ころなし（ころなしい）」だが、このさき形容詞として認知されるのかどうかは今のところまだ分からない。

2021/06/07

動画配信の塾の広告配りつつこの教室は既に瓦礫だ

川本千栄『森へ行った日』（ながらみ書房、二〇二一年）

二〇二〇年二月二十七日、当時の安倍晋三首相が全国の小中高校・特別支援学校に一斉休校を要請。

その後、四月七日に七都道府県を対象に発出された緊急事態宣言は、四月十六日には全国に拡大された。五月二十五日に解除されるが、その後も不要不急の外出自粛、学校の授業もオンラインで行うことが推奨されるようになった。

この一首は、そういう中で作られている。

新型コロナウイルスの感染を防ぐためにオンラインで授業をするようにと言われても、そうしたことのできる環境の整っていない現場の混乱は、容易に想像できる。それより前、よりにもよって学年末の時期に突然の全国一斉休校で、成績処理や入学試験、卒業式や入学式はどうするか等々、教員も生徒も振り回され、疲弊しきっていた。そこへ、新しい授業のやり方を、である。

取りあえずの方策を立てなくてはならない。そこでやらされた「動画配信の塾の広告配り」、というこことなんだろう。自分たちの教室で、自らの仕事を否定するかのようなことをしなければならない悔しさ。「この教室は既に瓦礫だ」に籠められた思いは如何ばかりか。

学校って本当に要るの　立ち止まり考えてみれば毎日は砂

この歌も、辛い内容の歌だ。そして、コロナ禍のなかで、ようやく立ち止まって考える時間を得たということでもある。

それ以前の歌に、「仕事とは全て雑用　例外は一つ授業だけと思えど」という歌もある。

考えてみれば、雑用に追われて、雑用の合間に授業をしているような学校現場、という状況がコロナ以前から長いあいだ続いてきた。アリバイ作りのような書類書きばかりがあり、次々と上からのお達しで新たなことをさせられ、そのための研修が重なり、取得資格の更新にまで時間を取られ……。

立ち止まって考える余裕などない。ただただ走らされていた。立ち止まって考える隙を与えない方が、管理する側には管理しやすい。教育現場もいつの頃からか、そんなふうになっていた。

「毎日は砂」と教師が思うような学校なんて、どうなんだ？　教師は専門職なんだから、授業こそが大事なんだよと言われもし、自分でもそう思って頑張ってきても、いつの間にか押しつぶされ……。そういう中に身を置いて、嘗ては私も喘いでいたのだったが、その頃よりも状況はいっそう悪い方へ向かっているようだ。

2021/06/09

地名に人の歴史はあかく血飛沫くを愚政の果てに消えゆきにけり

福島泰樹『亡友』（角川書店、二〇一九年）

地名は、そこに暮らしている人の歴史と深く関わっているのにもかかわらず、政治の都合で次々と消えていった。

仕事の効率が最優先で、地名が負っている歴史的背景など、政治の世界ではどうでもいいことのようだ。

「人の歴史はあかく血飛沫くを」と言うところが、いかにもこの作者らしい。「血飛沫く」は「ちしぶく」と読む。そこに血の通った人間が住み、泣いたり笑ったり、時には血を見るような喧嘩沙汰もあったりと、それだけ土地と人との繋がりは深く、地名にも血が通っているんだと言いたいのだろう。

結句の「消えゆきにけり」に見る深い嘆き。「にけり」は、完了の助動詞「ぬ」の連用形「に」＋過去（詠嘆）の助動詞「けり」の終止形。消えていってしまった！　そこには絶叫に近いものがある。

東京市下谷區下谷一丁目「東京市民」としてわれ生まれ来し

おそらくは、これが作者の地名に関する原点だ。「昭和十八年三月、私はガード沿いの病院で生まれた」という詞書がある。「東京市」が存在したのは、明治二十二年から昭和十八年まで。作者は、ぎりぎり東京市に生まれたことになる。「東京市民」と言うときの、少し誇らしげな感じが何とも言えない。やがて台東区に組み込まれていった下谷区は、昭和二十二年まで存在していた。

消えて行ったは彼（あれ）は菖蒲か浅草の　月光町とう韻（ひびき）かなしも
小沢昭一に似た悪漢が現れて浅草象潟町の夕暮
松葉町山伏町や町名を戻せ歴史の記憶を糺せ
万年町の悪童どもの顔も消えほどなく閉ざす記憶の窓か

作者にとって馴染みの町名は消えてゆき、記憶の中だけのものになってしまった。そして、その記憶の窓もほどなく閉ざされると詠う。

地名と言えば、何のために歌を作るのかという問いかけに、「鎮魂のため、季節のため、それから面白い言葉や地名の一つにもせめて出会いたいためだ」と答えたのは小中英之だった。その小中英之のことも、平成という時代を振り返りつつ詠っている。

「ヤスキ！」と呼ぶは英之、見上げれば羊雲　君と茂樹なるらむ

詞書には「八月、小中英之死去。押しかけ兄貴小中は、私を呼び捨てた　二〇〇一（平成十三）年」。茂樹と出てくるのは、小野茂樹。羊雲は、小野の歌集『羊雲離散』から来ている。三十三歳で事故死した小野茂樹と、この世の最後の時間をともに過ごしたのが小中英之であった。

2021/06/11

この星の重力美(は)しく青々と梅の葉かげに球体実る

清水あかね『白線のカモメ』（ながらみ書房、二〇二〇年）

梅の葉かげに、青い梅が実っている。小さいながらも、そのひとつひとつの球体に地球の重力が及んでいること。ちょうどいいバランスの重力が地球にあるからこそ、今ここに実っている梅の実である。地球の重力の賜物。それを「この星の重力美しく」と表現してみせた作者。地球の重力を美しいと感じる感性は、どこから来ているのだろう。

青い地球の球体と青梅の球体とが、サイズを超えて響き合っているのも楽しい。

逢いたくて逢いたくなかったひとと逢う火星が地球に近づいた夏
対幻想という言葉おもえりこの夜も星は涼しく軌道をめぐる
大いなる銀河の腕よりこぼれ落ち花びらほろりわれに降りくる

宇宙のどこからかやって来た人ではないかと思うくらい、作者のスケールは宇宙的だ。そこに、この地上での、ままならぬものが重ねられる。

「逢いたくて逢いたくなかったひとと逢う」は、複雑にして火傷しそうな熱を孕んでいる。

「対幻想」ということを言ったのは吉本隆明だが、ここで思っているのは、「対幻想という言葉」。そこから想像される、自らに及ぶ具体には敢えて触れない。言葉を思うだけであれば、「この夜も星は涼しく軌道をめぐる」のである。生々しい人間界の現実とは切れたところで、涼しくめぐる星。それを思うことは、時に救いであるのかもしれない。

花びらが降ってくるのを、「大いなる銀河の腕よりこぼれ落ち」て、という。「銀河系オリオン腕（アーム）太陽系地球の朝に桜ほころぶ」という歌もあり、銀河系に渦巻く腕（スパイラル・アーム）の外側にある太陽系の地球ということが作者の頭にはあるらしい。地球上の事象が、そのまま宇宙につながり、そのなかに自分もまた存在していることを日常的に思い描く。人間の思考能力が広げてみせる翼、計り知れない。

2021/06/14

ひつそりと引き込み線が蜘蛛手なす昼の軌条のにぶくひかりて

沢口芙美『秋の一日』(現代短歌社、二〇一九年)

ひっそりとある引き込み線。本線から離れ、蜘蛛手をなしている。昼だというのに「ひっそりと」。誰の目にも触れられていないかのようだ。忘れ去られたような場所。そこに、軌条がにぶく光っている。レールと言わずに、軌条と言うところが、過去の時間に引き戻されるようである。昼の引き込み線の情景描写であるにもかかわらず、作者の経てきた人生が重なってくる。そして、この歌の続きに置かれた歌のいくつか。

わが胸の引き込み線をふとおもふ青春の未熟に還る一本
もう会へぬ先生なれどこの駅に降りれば懐かしその路地なども
この駅に待ち合はせし友ふたり既に亡し　ああ幾年たちしか

歌を詠む姿勢を先生に糺されつ駅の人群抜けてにれがむ

引き込み線の一本は、「青春の未熟に還る一本」であった。

そこには、先生がいて、友がいて、それらの人々は歌によって繋がっているのである。

そんな青春の日から幾年が経ったと言うのか。先生にはもう会えず、友のうちの二人は既にこの世を去っている。それでは、鈍く光る昼の軌条は、過去の時間とばかりでなく、この世の向こう側とも繋がっているのではないか。

冬の夜を遺書を前にしうなだれゐき高瀬隆和、西村尚と
岸上の死の悲しみを知る人ゆゑ　この世にはまだ居てほしかつた

これらの歌は、西村尚が亡くなったときの歌である。

名を呼ばれ、この世の向こうから呼び戻される人々。高瀬隆和、西村尚、そして岸上大作。

作者が「青春の未熟」と表現したとき、感じていたであろう痛み。痛みをともなうものであるゆえに、作者にとって青春は今なお色褪せることがないにちがいない。それは酷いようでありながら、やはり輝かしいものであったのだと思う。

2021/06/16

とおきわが生命記憶のくらがりに死ねざりし父のいのちたゆたう

渡辺　良『スモークブルー』（砂子屋書房、二〇二一年）

DNAに書き込まれた遺伝子情報。それに加えて、親から子へと引き継がれる「いのちの記憶」というものがあるのかもしれない。

作者は、昭和二十四年、横浜市生まれ。プロフィールには、町医者とある。

軍医（外科医）であった父は、戦地ニューギニアの密林で片目を失いながらも奇跡的に生き残り、戦後を町医者として生きたという。作者は、その父のあとを継いで町医者になったのである。

歌集のあとがきによれば、何冊かの戦記やエッセイを残した父だが、すべてを語ることなく亡くなったと作者は思っている。そして、「その語られない、いわば凍結された記憶はそのまま私のなかに無意識のレベルで引き継がれているということ、それは確かなことのような気がします。」と書いている。この歌の自註のような文章だ。

軍医として戦地に赴き、片目を失いながらも生き残った人。戦記やエッセイを書き残しながらも、そこに書き得ないものを抱えていた人。その人は戦地において、何を見、何を行い、何を思っていたのか。

自分の父となる以前の、父の記憶。「死ねざりし父のいのち」が自分のなかに明らかに引き継がれていると感じたとき、〈父の戦争〉が身近に迫ってきたのであろう。

〈玉砕〉をまぬがれし父の無言劇の闇おそれいしわが幼年期
死んだまねしておさなごをこわがらせし〈父の戦争〉は理解されざりき
語られざる〈劇〉は封印されしまま生きのびて軍医の戦後はありぬ

幼年期の作者には、とても理解できなかったこと。父の無言や死んだ真似がただ怖いだけだった。だが今なら〈父の戦争〉も理解できそう。自らの「生命記憶のくらがり」に「死ねざりし父のいのち」がたゆたっていると感じるほどに。

ニューギニアに片眼失い生き延びしを外科医なる父は殺されにけり

戦地で片目を失いながらも生き残った父であったが、「外科医なる父」はそこで殺されてしまったのだ。このことに気づいた時の作者の〝ああっ！〟という思いを、最後の「にけり」が表している。外科医にとって、片眼を失ったことは致命的なことであった。以後、外科医としては生きていけない。戦後を父が町医者として生きたのも、そのような事情があったからだったのだろう。
父の亡くなった後で続けられる父との対話。そこで深く頷くこともたくさんあるにちがいない。

2021/06/18

野良猫が顔を洗ふを見てあればふいと素知らぬかほに立ち去る

馬場あき子（「歌壇」二〇二一年七月号）

「桜の日・タツノオトシゴ」二十首より。

こういう猫を私も見たことがあるような気がする。しきりに前足で顔をなで回していたかと思うと、ふいとどこかに立ち去ってしまう。こちらが見ていることは先刻承知で「素知らぬかほ」なのである。猫にはそういうところがある。

「見てあれば」という表現。口語ならば、「見ていると」だろうか。動詞に助詞の「て」の付いた形を受けた「ある」は、「窓が開けてある」「壁に掛けてある」などがある（『広辞苑』参照）が、「見てあれば」はそれとは少し違うようだ。

野良猫が顔を洗うのを見て「(わたしが) 在る」。つまり、野良猫に対して、「わたし」という存在が意識化されているのだろう。ここでは、野良猫と「わたし」は対等。いや、むしろこちらが見ているのを承知しながら素知らぬ顔で立ち去ったのだから、野良猫の方が上位に立っているのか。残された人は、猫に袖にされたような格好だ。

猫と人との無言の駆け引きがそこにはあったようだ。

すべなきことさまざまにある世の中にわが居間に来て死にたる守宮（やもり）

お笑ひが「もうええわ」と終るやうには捗らぬものを今日もかなしむ

いずれもコロナ禍の現在である。野良猫にしても、守宮にしても、また次に登場するタツノオトシゴにしても、そのコロナ禍の現在を生き死にしているのである。

世のことはどこ吹く風としやれのめし水槽にゐるタツノオトシゴ
水槽に近衛兵のやうに立つてゐるタツノオトシゴ笑つてゐるか
タツノオトシゴ飼つてあさゆふ会ふこともいいかノンポリのやうなその貌

水槽の中のタツノオトシゴは、「コロナ禍、なんぞ?・」と言うかのような余裕の風情だ。それを作者は好もしく眺めているのだろう。

面白いのは、「近衛兵のやうに」「ノンポリのやうな」という比喩。近衛兵は、天皇の護衛兵。ノンポリは、「non political」の略で、政治や学生運動に関心を示さない人。平成生まれでは分からないかもしれない。

この比喩によって、戦争であったり、学生運動が盛んな時代であったり、作者がこれまでに出会ってきたものが引き寄せられている。昭和の匂いが漂ってくる。作者がタツノオトシゴを飼ってみるのもいいかと思うのは、余裕の風情に加えて、過去を懐かしく思い起こさせるものだからでもあるのだろう。

2021/06/21

あなふかくおおきくあれど今日明日はうめずにおかむ　あなをてらす月

佐佐木幸綱『春のテオドール』（ながらみ書房、二〇二一年）

「あなふかくおおきくあれど」と一音ずつを確かめながら、それが「穴深く大きくあれど」だと分かるまでの、僅かなタイムラグ。そして、その後に続く「今日明日はうめずにおかむ」。穴が深くて大きいのであれば、誰かが落ちてしまう危険性がある。普通なら、すぐにも埋めなくてはとなるはずだが、この作者は「今日明日はうめずにおかむ」と言う。いずれは埋めるにしても、今日明日くらいはそのままにしておいてもいいだろうというのだ。

結句には、一拍あけた後に「あなをてらす月」。時間帯は夜であった。月の光に穴が照らされている。穴とその周辺の陰影が印象的だ。「あなをてらす月」とあることから、作者の視線が地面の穴から空の月へと向けられているのが分かる。空間が一気に広がる。

宇宙の夜のなかで、月の光に照らされた深く大きな穴が深淵を覗かせるようだ。この光景は、なにやら哲学的でもある。

平仮名が多用される一首の中に、漢字は「今日明日」と「月」のみ。時間と天体をあらわすもののみが漢字で表記され、いっそう哲学的な色合いを帯びてくる。

ところで、この歌の前には、実はこのような歌がある。

かぜをかぐつちふかくほる　昨日からテオには春がきているらしい

テオというのは、作者が飼っているゴールデン・リトリーバー。白い犬である。人間よりも早く春が来たのを察知したらしく、昨日から風を嗅いだり、庭の地(つち)を掘ったり……。「今日明日はうめずにおかむ」と作者が言うのは、春が来たのを喜んでテオが掘った穴だからだった。悪戯好きな子どもでも見るような優しさがそこにはある。

にんげんは自画像をかく　テオはじぶんにかんしんなければのむ秋のみず

テオというのは通称で、本当の名はテオドール。ヴァン・ゴッホの弟であるテオドール・ゴッホから名前をもらったのだという。

そうしてみると、「にんげんは自画像をかく」には、何枚も自画像を描いたヴァン・ゴッホのことが強く意識されているにちがいない。それに対して、兄を支えつづけた弟テオは、犬のテオが自分自身に関心がないのと同じように、自画像を描いたりはしなかっただろうとも。

秋の水を飲むテオは、ただそのことだけに夢中になっているにちがいない。そういうテオの、自分に関心がないというあり方に、作者はちょっと目を瞠っているようだ。

2021/06/23

いつの間にこんなに増えた　自衛隊を笑って画面に入れるバラエティー

十亀弘史（「朝日歌壇」二〇二一年六月一三日）

久しく囚われの身であった人が見た日本の現在である。テレビをつければ、バラエティー番組に自衛隊が映っている。笑いの中に取り込まれている自衛隊。作者が「いつの間にこんなに増えた」と感じるほどに、そういう場面は増えているらしい。ここで作者が感じているほどには違和感を感じないでいるとしたら、私たちは日常の中でどんどんこういうことに慣らされ、鈍くなってしまっているのかもしれない。

この歌は、「朝日歌壇」で高野公彦選に入った歌である。同じ日の「朝日歌壇」には、同じ作者の別の歌が佐佐木幸綱選に入っている。

自衛隊の現役戦車に昂(たかぶ)った笑みを浮かべてアイドルが乗る

こちらも自衛隊の歌であった。前出の一首と同じバラエティー番組の中でのことなのかもしれない。作者には、よほど違和感があったのだろう。自衛隊の現役戦車とアイドル。この取り合わせは、どこから来ているのだろう。その背後にあるもの、製作意図なんてことにも想像が及ぶ。しきりにぞわぞわする。

カッコイイと思わされたり、一緒になって笑ったりしているうちに、その向かっていく先に待っているのは何か。甘いものでコーティングされた得体の知れない物には気をつけなくてはならない。いかに危ういところに私たちが身を置いているかを考えてみないわけにはいかない。

2021/06/25

きみが好き　きみのこころは好きじゃない　うそ　こころについてはわからない

橋爪志保『地上絵』（書肆侃侃房、二〇二一年）

ポンポンと口を突いて出た言葉をそのまま書き留めたような歌で、軽快なリズムがある。言い切り、言い直し、「うそ」と自分でツッコミを入れ、またまた言い直し。最後の「こころについてはわからない」は、なかなかの本音なんじゃないだろうか。

心について触れることには慎重になる。ひとの心は複雑で、そう簡単には分からない。他人の心にズカズカと土足で入るようなことはしたくないし、そのようなことを自分もされたくない。相手を傷つけたくないし、傷つけられたくもない。相手の心に踏み込みすぎることのないように気づかいながら、距離を測りつつ行動する。人との関わり方は確かに難しい。

十月のすきまに溜まる深い陽よ　うっかりきみのかなしみを知る

でも、この歌のように「うっかりきみのかなしみを知る」ということもある。知ってしまったからには見過ごせない。自分には何もできないにしても気になる。知ったことで、「きみのかなしみ」の一部をすでに引き受けてしまってもいる。「きみ」との関わり方は、今まで通りというわけにはいかない。もはや変わらざるを得ない。

じつに厄介だ。だが、人と人との繋がりは、そういう厄介を引き受けていくことなんだろう。はじめは「うっかり」であったにしても、知ったという事実は消しようがない。この歌でも「うっかりきみのかなしみを知る」と言いながら、それを受けて立つ覚悟はできているようだ。「十月のすきまに溜まる深い陽よ」が示しているもの。十月の、或る角度をもった陽差しが、すき間の深いところまで見せている。それに気づいた時点で、「うっかり」は偶然ではなく、もはや必然ではなかったか。

「きみ」との関わりが、新たな段階に入っていく。

厄介かもしれないが、それはワクワクすることでもあるにちがいない。

2021/06/28

少数者つて言ふのに噛んでしゆうしゆうとそのうち静かになる曹達水

伊豆みつ『鍵盤のことば』（書肆侃侃房、二〇二一年）

「少数者」と言おうとして噛んでしまい、「しゅうしゅう」と言ってしまった。きっと慌てて「しょうすうしゃ」と言い直したことだろう。

言葉を発するときの緊張感。「少数者」は、言うのに身構えるような言葉だったのでもあろう。「しゅうしゅう」という音の響きからの連想か、下の句は「そのうち静かになる曹達水」とつづく。曹達水は、ソーダ水。カタカナで表記されることが多いが、敢えて「曹達水」と漢字で表記している。コップに注ぐと炭酸の泡がシュワシュワとしばらく音を立てているけれど、そのうち静かになる。それと同じように、言おうとした言葉が滑らかに出てこなかったことで動揺した心も、やがて収まっていく。

驚き慌てることを「泡を食う」と言うが、言おうとした言葉を噛んでしまって泡を食った。ソーダ水を飲んだときのように、喉のあたりに泡が弾ける感覚。さらに、「泡」から「粟」へ。ぞわっと鳥肌が立つことを「粟立つ」と言うが、その言葉も思い浮かべたかもしれない。

俺の檸檬なれども檸檬爆ぜたるを俺は知らず。とほざきたまひき

檸檬の所有者は、「俺のもんだけど、それがどうなったかなんて知らねーよ」と言っているのだ。「俺」も「檸檬」も比喩、権力者（強者）と弱者の関係に置き換えることができるだろう。

そして、「ほざきたまひき」だ。「ほざく」は、他人がものを言うのを罵っていう語。それに「たまひ」と尊敬語をつけている。「き」は過去の助動詞だから「ほざきなさった」というわけである。ののしる言葉に敬語をつけることで、相手を強烈に皮肉っている。ストレートに「ほざくな！」と言うよりも、表現としてはずっと効力がありそうだ。

弱者、あるいは少数者の側に立って、言葉を駆使して闘っている作者。

こんな歌もあった。

われを綺麗だとか綺麗ぢやないだとか全員そこへなほれ　さちあれ

女性を見る目への抗議だ。けれども、並ばせて攻撃しようというのではない。「さちあれ」に籠められた赦（ゆる）しと、良き方向へ向かっていくことを願う期待と祈り。異なる考えをもつ人をも巻き込みながら、共に進んでいかないことには未来は拓かれない。

2021/06/30

感情を出さざる女と言はれたり片足上げて目をつむりて立つ

尾崎知子『三ツ石の沖』（青磁社、二〇二一年）

感情を出さない女だと言われたのは、可愛げの無い女だと言われたのに等しいのかもしれない。怒りや悲しみを表に出さず、ひとりでじっと堪えてしまう。もっと弱みを見せてくれたら話しかけることもできるのに、あれじゃあ取り付く島もないじゃないかと、たぶん周囲には思われていた？だけど、そう言いたい人には言わせておけばいい。作者がそこでとった行動は、「片足上げて目をつむりて立つ」である。所謂「バランス」という運動だろうか。聞こえているけれど、それが何か？という態度。

実際には、感情を露わにしておかしくないような現実の中にいたのであろう。

感情をむき出しにせず生きてゆける排水溝から湯気の出る町

作者は、横浜市から湯河原町に移り住んだという。湯河原は温泉の町、「排水溝から湯気の出る町」だ。

環境が変わって、ここでなら「感情をむき出しにせず生きてゆける」と感じているようだ。自然にも恵まれた、ゆったりと時間の流れるところで、心身ともに落ち着いて暮らせるようになったのだろう。

水色のちやうちん袖のふくらみのなかにわたしの幸せありき
春近し姫鏡台の引き出しにビー玉かくしぬ七つのわれは

ちょうちん袖の膨らみや、姫鏡台の引き出しに隠したビー玉というのが懐かしい。作者の幼い頃に感じた「幸せ」のかたちである。そこからずいぶんと時間は経ってしまったのだろうけれど、幸せの原点のように今もこころに残っていて、それはある時、ふと思い出されたりするのだろう。

2021/07/02

ペットボトルのラベルを剝いてゐる夜に無名の我をしづかに思ふ

門脇篤史『微風域』（現代短歌社、二〇一九年）

飲み終わったペットボトルからラベルを剝がしながら「無名の我」ということを静かに思う夜。ラベルを剝かれて、ただの透明な容器になったペットボトルは、所属や肩書きなど余計なものを取り去った後の「ただのヒト」である「我」を思わせる。何者でも無い、ということの清々しさ。

でも、「無名の我」の向こうに「有名な我」がちょっとでも意識されているとしたら、「無名の我」であることは残念なことであるにちがいない。「しづかに思ふ」が、「無名の我」である自分を噛みしめているのを思わせる。

はたして作者がどちらなのかは不明。内面については深入りしないし、読者にも深入りされたくない（？）。

夜だ。寝る。やがて、朝が来る。顔を洗う。朝食を食べる。夜のうちにラベルを剥がされたペットボトルは、資源ゴミとして出されるだろう。そして、いつものように仕事に出かける。どんなに疲れていようと繰り返される日常。

美しき夢の終はりに朝はきて顔を洗へばとれさうなかほ
納豆の薄きフィルムをはがしをりほそき粘糸を朝にさらして
天体に触れたるやうなしづけさでボイルドエッグを剝く朝のあり

単調に繰り返されているように見える生活の具体にも、朝にはやはり朝の顔がある。納豆のフィルムをはがしながら細い粘糸を「朝にさらす」と見ているのも、ゆで卵の殻を剝きながら天体に触れたような感覚になるのも、ささやかではあるがそこに詩があり、それが喜びにつながる。「無名の我」であろうが、今日を生きている「わたし」がそこにいる。

それにしても、「剝く」「はがす」が多いような気がする。殻や飾り的なものを取っ払ったところにあるものに素手で触れたいといった思いが作者にはあるのかもしれない。多用される言葉に、思いがけなく作者の思いが滲んだりする。

2021/07/05

赤ん坊をわれに抱かせたがる息子とほいとほい日の自分をみたきか

木畑紀子『かなかなしぐれ』（現代短歌社、二〇一九年）

生まれて間もない自分の子を、母親に抱かせたがる息子。これはいったい何だろうと訝りながら作者が思い当たったのは「とほいとほい日の自分をみたきか」であった。母親に抱かれた赤ん坊に、幼い日の自分の姿を重ねてみる。自分もまた母親に抱かれて愛されていた日があったことを確認したい。そんな気持ちが息子にあるのだろうかと、母親である作者は想像してみる。

この想像は、母親にとってちょっとくすぐったいような嬉しいことかもしれない。「赤ん坊を／われに抱かせた／がる息子／とほいとほい日の／自分をみたきか」。五句に区切ってみると、こんな感じ。六・七・五・八・八と、全体に字余りで、ゆったりとしたテンポだ。二句から三句にかけては、ほんとうはひと続きで分けられない。息子への愛おしい思いがたゆたっているような歌だ。

六十年の時間のしづくわが生地和歌山にふるけふの秋雨
出生地あたりの店でみかん買ひ食べつつ路地を三周したり
吹上小校庭に来て姥の目におかつぱ泣き虫八歳が顕つ
ふるさとと呼ぶに羞(やさ)しく幼年の悲喜ことごとくおぼろうすずみ

これらの歌は、六十年という歳月を経て、自らの出生地を訪ねたときのもの。自身の幼年期が、老いの目を通して蘇る。人の一生のなかで、いかに幼年の記憶が大切に残されていくものか。

のぼりてはすべり、すべりてはのぼるただすべることうれしきこども

この歌は、息子が抱かせたがった赤ん坊の少し成長した姿のようだ。「のぼりては／すべり、すべり／てはのぼる／ただすべること／うれしきこども」。すべて、ひらがな表記。すべり台で繰り返し遊ぶ子どもの動きを追いつつ、子どもの嬉しさとともに、それを見ている者の嬉しさも伝わってくる。この歌でも、上の句はひと続きと見た方がいいだろう。五・七・五のリズムからは少しはみ出しながら、子ども動きをやはりリズムよく表現している。

2021/07/07

打たれても鋼になれず仰ぎ見る月は乱麻の鎌ほどに鋭き

高尾恭子『裸足のステップ』（現代短歌社、二〇二〇年）

厳しい現実のなかで、打たれることはけっこうある。打たれて鍛えられて、鋼のようになれるのだったらいいかもしれないが、なかなかそうはいかない。そんな時に空を仰いで見ると「乱麻の鎌ほどに鋭き」月。

「乱麻」は、そのままでは〝こんがらがった麻糸〟だが、「乱麻」とくれば「快刀乱麻」、「快刀」を忍ばせている。「鋭き」は形容詞「鋭し」の連体形で、鋭いこと。ため息を吐きながら仰いだ空には、切れ味の良さそうな鎌のようなかたちの月が鋭く光っていたのである。

「月は乱麻の／鎌ほどに鋭き」と、声に出して読んでみる。名調子で決まっている。見得でも切りたくなる。映像的にも、きっぱりしていて隙が無い。

打たれて、凹んで、仰いだ空だが、こんな月を見ては凹んでばかりもいられまい。

われをのみ照らすにあらぬ清月の白き刃に首洗いおり

この歌では、「われをのみ照らすにあらぬ清月の」までが序詞のように働いている。言葉の運びが鮮やかだ。「せいげつの」と音読みして、次に繋いでいるところもピシリと決まっている。〈わたしだけを照らすのではないにしても、その清かな月の〉と来て、「白き刃に首洗いおり」。明るく冴えた月の光にならば切られてもいいと首を差し出している感じである。

サムライのごとき佇まい。と思ったら、こんな歌もあった。

人ひとり斬り捨てし夜きしきしと背骨疼けり寒の戻りに

サムライの国に焦がれし自画像の瞳ぽっかり海を見ている

「人ひとり斬り捨てし」は、言うまでもなく比喩である。エイヤッとばかりに言葉で相手を斬り捨てたのだろう。しかし、斬り捨てたものの後味が悪い。背骨の疼きは、人ひとり斬り捨てたことから来る。

後の歌は、ゴッホ展に行ったときの歌。ゴッホの自画像を見て、日本に憧れていた画家に思いを馳せているのである。

2021/07/09

赤子という言葉を思う静けさのなかひたすらに赤を拭った

藤宮若菜『まばたきで消えていく』(書肆侃侃房、二〇二一年)

自分が赤子を〈産む〉存在であることがまだよく理解できないうちから、女性の身体は〈産む〉準備をはじめる。それから周期的に訪れる生理。経血を拭いながら、いつまでも子どものままではいられないことを思い知らされる。

「赤子という言葉を思う」、妊娠・出産は、まだ観念の域。それでもそのことに思いをめぐらせる、その時間の「静けさ」。実際の行為としては「ひたすらに赤を拭った」をしているのである。赤は、血の赤。流れ出る経血の処理をしているのである。

赤子の「赤」と、ひたすらに拭う「赤」。「血」と言うことは避けられている。肉体から離れては語れないことだが、あくまでもここは言葉の域に留めておこうとするかのようだ。

汚物入れに群がっている蠅蠅よ聞いてわたしも人が好きだよ

こちらは、いきなり「汚物入れ」である。トイレの個室の隅に置かれている、使用済みのナプキンを入れる容器。蓋がきちんとされていなかったり、中の物が溢れていたりして饐えたような臭いを放っていることもある。

その汚物入れに群がっている蠅蠅に向かって呼びかける。「聞いてわたしも人が好きだよ」と。この汚物のもとは、人（もっと言えば、女性）。だから、そこに群がっている蠅は人が好き、という論理になるらしい。で、「わたしも」という言葉になる。自らも周期的にこの「汚物入れ」を利用する存在であるけれど、そういう「人（女性）が好きだよ」と蠅にならえるというのだろうか。

思いも寄らないものへの呼びかけと心情吐露となれば、穂村弘の歌「サバンナの象のうんこよ聞いてくれだるいせつないこわいさみしい」が想い起こされる。穂村作品は、サバンナだし、象のだし、乾燥していて無臭な感じであるのに対して、こちらは人の身体から流れ出たものの臭いと湿りに満ちている……。それでも「好きだよ」と作者は言うのである。女性の生理を引き受け、そこにすっくと立ってみせる。

それにしても、「汚物入れ」とはね。生理そのものが「汚物」に、更には女性も「汚物」につながるような言われ方ではないか。血を穢れと見て、出産や死を遠ざける文化が日本の歴史にはあったけれど、この言われ方は何とかならないものか。

コロナ下のニュースでは、生理用品も買えないような貧困に喘いでいる女性たちのことが伝えられている。こちらも何とかならないものか。

2021/07/12

合掌のかたちに瓜の双葉出づ肥料袋の行灯のなか

森田アヤ子『かたへら』（現代短歌社、二〇二〇年）

瓜の種から双葉が出る。出てきたばかりの葉は、掌を合わせたような形をしている。それがやがて左右に開いて、間から本葉が出てくる。

双葉が合掌のかたちというのは繰り返し歌の素材にされてきているが、それが「肥料袋の行灯のなか」というのにはまだお目に掛かったことがない。

種を蒔いたときに、霜除けや風除けのためにビニールをかけたりする。その時に、わざわざ新しいものを使わず、すでに使い終わった肥料の袋で代用しているのである。袋を被せると行灯のようなかたちになる。田舎育ちの私にはすぐに目に浮かぶ光景だが、今の世の中、すぐに分かる人は少ないかもしれない。

どんなものもすぐに捨てたりはしない。使える物は何でも使って無駄にしないという暮らし方。ちょっと前までそんなんでしたよねと言えば、作者はきっと「今でも私はそういう暮らし方をしているんですよ」と言うことだろう。

作者は、山口県岩国市在住。

畝立ての土の中より出できたり青のぼかしのおはじきひとつ

何を植え付けようとしていたのか。畑に畝を立てていると、土の中から現れ出た「青のぼかしのおはじきひとつ」。なぜこんなところに？　と思うようなものが、畑の中から出てくることがある。子どもの小さな遊び道具などもそのひとつ。ここでは「青のぼかしのおはじき」。ガラスでできたものだろう。思わぬ畑からのプレゼントだ。こういうものもとんと見なくなった。おはじきやビー玉やメンコなんて、昭和の時代のものなんだろうな。

伐れど伐れどぢき伸び出づる楮なり山代紙となりし木の裔
立秋の周防岸根の畝に蒔くチリ産黒田五寸人参

作者の地元は、江戸時代には山代紙と呼ばれる和紙の産地であったらしい。だが、いまや山代紙の需要はなく、楮の木も邪魔者扱いである。「伐れど伐れどぢき伸び出づる」、そういう生命力をもつ楮だから和紙の材料としても重宝されたのだろうに。
「周防岸根」は、まさに作者が住んでいるところ。「周防」という昔の国名と「岸根」と、地名が根を張って生きている。だが、そこに蒔くのは「チリ産黒田五寸人参」である。「黒田五寸人参」は、日本で交配されたものらしいが、その種を今はチリから輸入しているのだろう。
山代紙といい、黒田五寸人参といい、変化する時代のなかに置かれ、それと無縁というわけにはいかない。

2021/07/14

はじまりは肺胞腫瘍あったかもしれない人生なんて今やろ

小川佳世子『ジューンベリー』（砂子屋書房、二〇二〇年）

「あったかもしれない人生」と考えるのは、平穏に暮らした人が後になってすることだろう。そして、大概は波瀾万丈の人生を言う。それが好転していくものなら波瀾万丈も憧れの対象となるが、「あったかもしれない人生なんて今やろ」と言うのでは、そうではないのだ。「なんて今やろ」という吐きつけるような関西弁が胸にこたえる。

肺胞腫瘍から始まった病は、つぎつぎと作者を襲い、病む前には思いもしなかった〈今〉を生きている。それは、病む前の身なら「あったかもしれない人生」と考えるような人生だ。「あったかもしれない人生なんて今やろ」という表現に籠められているもの。負けるものかの思い。ここはやはり関西弁でなければこうはいかない。

鳥たちが何羽か窓を横切って　そのことやったらしってるさかい
大泣きをしそうになるやん　踊り場で元気そうやと言われてしまい

「そのことやったらしってるさかい」とは、窓を横切った鳥たちが言ったのだろうか。なにかこちらのことを察してくれているらしい。もうそれ以上、言わなくても解ってるよ、と言っているらしい。

階段の途中の踊り場。そんなところで「元気そうや」なんて声をかけられては、「大泣きしそうになるやん」。ふっと人の言葉が、こころの柔らかいところに触れてくる。素直な感情に身をまかせたくなる、そんなときもあることだろう。

二首とも言いさしにしているところが、自らの内面に降りていっている感じだ。

「フォビアやな。薬飲んでも治らんで。」目を見て言ってくれる確かさ

これからも早期発見続きやし長生きするな、ひととき間があく

辛い内容であっても、自分の言葉で目を見て言ってくれるのであれば、しっかりと受け止めようとすることができるかもしれない。言葉のあとに一瞬の間があっても、静かに受け止めることができるのかもしれない。

事実の記録のようなこれらの歌からは、病に向き合う、しんとした強さが立ち上がってくるようだ。

2021/07/16

坂道を自転車おしてあがる間に東馬込一丁目の街灯ともる

徳重龍弥『暁の声、群青の風』（青磁社、二〇二〇年）

ゆっくりと自転車を押して坂道をあがっている間に、東馬込一丁目の街灯がともる。そこは、東京都大田区の東馬込一丁目である。時は黄昏、街灯が点るような時間帯。この辺りは住宅街として発展しているところで、一日の仕事を終えて家に帰る途中なのかもしれない。急いでいる様子はない。自転車を押して坂道をあがっているのは、それほど坂が急だからとはちょっと思えない。この時間をゆっくり楽しみたいという思いでもありそうだ。誰にも邪魔されず、一人なのかもしれない。いや、あるいは誰かと一緒で、その人と歩調を合わせながら自転車を押しているのかもしれない。

それにしても一首の中で、四句目がやたらに長い。「東馬込の」ならば、ちょうど七音で定型に収まるのに、敢えて「東馬込一丁目の」とくる。「東馬込」というよりも、より限定された地域名が示すリアルさ。それに「丁目」は、市街地を中心に設けられていることから、「馬込」（もともとは牧場であったことが地名の由来）という地名でありながら都市部であることも伝わる。ここはどうしても「東馬込一丁目の街灯ともる」である必要がある。かなりの音数オーバーも、地名として圧縮させて読めばなんということもない。

街灯が点るような時間帯ということもあってか、静かだ。東馬込一丁目に点る街灯を眺める目には、その土地を、そこに住んでいる人々を愛おしむような視線も感じられる。

からからと補助輪つきの自転車がひなたの道を行き来しており

この歌も自転車だが、補助輪つき。乗っている人は描かれていないが、たぶん幼い子どもなんだろう。からからと音をさせて行ったり来たりしてところみると、一人遊びに夢中になっているのかもしれない。

もうひとつ向こうの橋を自転車の一台過ぎてまた一台が過ぐ

「もうひとつ向こうの橋」という橋の出し方が面白い。自分も橋の上にいながら、けれどその橋ではなく、「もうひとつ向こうの橋」を渡ってゆく自転車を見やっている。「一台過ぎてまた一台」というのだから、どのくらいの時間そこで眺めていたものか。そして、ここでも直接的には人が描かれていない。自転車を描くことで、当然そこにいるはずの人を思わせる。人の暮らしが、景のなかに静かに立ち現れてくる。

2021/07/19

蟬虫の懸命一途さもあれよ巣に拠り蜘蛛の静けき殺気

大下一真『漆桶』（現代短歌社、二〇二一年）

土の中から出てきて成虫になって、数日の命を懸命に鳴く蟬。そういう一途さもある。「懸命一途さもあれよ」は、そういう生き方を認めつつ、一方で蜘蛛のような生き方にも目をやっているのである。

蜘蛛は巣に拠り、じっと音無しの構え。巣にかかる獲物を待って、自らの存在感を消している。獲物を捕らえられるか否かがそのまま己の生存にかかわるのだから、巣に身を潜めている蜘蛛にはただならぬ殺気が漂っているにちがいない。

今まで蜘蛛の巣や、そこにじっとしている蜘蛛を見たことはあっても、蜘蛛の殺気まで感じたことはなかった。そこまで感じ取れてしまう作者に、ちょっと唸ってしまった。心の寄せ方が半端でない。生きていくのが大変なのは人間ばかりではない。蜘蛛だって大変だ、まさに命懸けである。

先天性巣作り不器用症候群などあらぬらし蜘蛛の世界に

それとは別に、蜘蛛の巣作りの見事さには目をみはる。ほんとうにどの蜘蛛も器用に巣を作るものだ。

「先天性巣作り不器用症候群などあらぬらし」と言うのは、人間だったらこうはいかない、不器用で巣なんて作れなさそうなのもいるよなという思いがあるからだろう。さらには、ちょっとでも他の人と変わったところがあると「なんとか症候群」とか名前をつけたがる人間に対する批評の目もそこには感じられる。そんなことを考えると、蜘蛛と比べても人間はずいぶんと不自由なところで、もがきながら生きているのかもしれない。

かなかなが鶯が鳴き暁を起き出で人はくしゃみ二つす
或いはもっとも苦しみ多き生物としてヒトはあり服着て靴履き
窮屈に考え過ぎておらぬかという声がしてやがて雨音
小さなる草は小さき花咲かせ知足が知恵とうそぶきもせず
怒りごとひとつ抱える僧形の頭を撫でて吹く若葉風

一真和尚にして、ヒトは「或いはもっとも苦しみ多き生物」と思われるという。ヒトは不器用に自然に反した生き方をして、苦しく窮屈な思いもしている。さればこそ、雨音や小さな草や若葉風にさえ、諭されたり宥められたりしながら生きていくのであるな。

2021/07/21

もっとやさしく言えばよかった猫のためあける窓より秋雨が入る

河野小百合『雲のにおい』（本阿弥書店、二〇二一年）

生きているその時その時、目の前の現実と自分の内面とが直接的に繋がっていることの方が稀なのではないだろうか。

「猫のためあける窓より秋雨が入る」のを目にしながら、それとは無関係に「もっとやさしく言えばよかった」などと考えている。目の前で起こっていることとは全く無関係なことを思っていたりするのは、ごく普通のことだ。この一首は、その裂け目のようなところを捉えているように思う。作歌の段階では、こんなのは歌にならないとだいたい捨てられてしまうところだろう。

とは言うものの、「もっとやさしく言えばよかった」と「猫のためあける窓より秋雨が入る」とが、何の繋がりもないとも言い切れない感じがしてくるのが、短歌の不思議なところ。接点がないようで、「猫のためあける窓より秋雨が入る」に目を止め、一首のなかに入れたのには何かがあったのだ。内面と外界とのたゆたいのようなもの。

猫が出入りできるようにした配慮、それによって猫ではなく秋雨が入ってきてしまったこと。それと「もっとやさしく言えばよかった」という思いは、どこかで響き合っているようにも思われる。

そういう微妙な雰囲気がこの歌にはある。

ああここの太巻寿司のたまごやきセカンドオピニオンという方法がある

この歌でも、「ああここの太巻寿司のたまごやき」と「セカンドオピニオンという方法がある」はストレートには繋がらない。場面を考えれば、太巻寿司を食べながら、ここの卵焼きはやっぱり美味しいなとか思っている一方で、セカンドオピニオンという方法があるなどとシビアなことも考えているということなのだろう。

暢気そうに太巻寿司の卵焼きを口にしながらも、病への対処方法について思いを巡らす。思えば、そんなアクロバティックなことも人間はふつうのこととしてやってのけている。

しなやかと言うか、したたかと言うか。そう簡単にはへこたれない。そういう力を人間は持っている。

2021/07/23

削り氷（ひ）に甘づら入れて金碗（かなまり）に入れたるを食むわが白昼夢

高野公彦『水の自画像』（短歌研究社、二〇二一年）

暑い日ともなれば、冷たいものを口にしたくなる。

「削り氷（ひ）」は、今なら〈かき氷〉。「甘づら」は、今のアマチャヅルに当たるらしい蔓草からとった甘味料。「金碗（かなまり）」は、金属製の器。銀か錫（すず）でできているのだろうか。

削った氷にシロップをかけて、金物の器に入れたのをいただく。キンキンに冷えた器から、品の良い甘さの氷をサクサクとすくって食べるのは格別だろう。おそらくは、夏の暑い日の作者の夢想。

この夢想、実は『枕草子』から来ている。

「あてなるもの（上品なもの）」の中に、「削り氷にあまづら入れて、あたらしき金鋺に入れたる。」とあり、それをほぼそのまま一首に入れているのである。

清少納言が「あてなるもの」として挙げてみせたものを夢想しつつ、遥かな時を超えて、その言葉としての美しさを味わい、そのように表現した人をも現代によみがえらせている。削り氷に冷やされた風がさっと吹き抜け、王朝の女人の姿やその背景が現実のもののように見える一瞬。「白昼夢」としか言いようがない。

古い言葉でもそれを使うことによって生きかえらせることができる。使うことによって保存する。これは、作者が繰り返し言っていることでもある。

薄ら氷をウスラヒと読む正しさの狭さと古さ、我のものなる

この歌には、「ウスライか、ウスラヒか。」という詞書がある。「薄ら氷」をウスライと読む人が多くなっている、そういう言葉の現状を憂えているのであろう。辞書でも「薄ら氷」を「うすらひ」としながら、「うすらい」をも許容している。でも、正しくはウスラヒなんだよ、確かに、そう言うのは狭くて古いかもしれないけれど、わたしは正しさの方をとるよ、という作者の声が聞こえるようだ。

言葉のプロ、それも、長い歴史をもつ短歌に関わる者であればこその姿勢。現在の、何でもありの言葉の状況に対して、「正しさ」をきちんと言える人は数少ない。だからこそ余計に作者は見過ごすことができないのだろう。そして、言葉を大切にするということは、それを使う人を大切にするということでもある。

交霊のごとく視線を交はしたりマスクの我とマスクの彼と

2021/07/26

君と君抱きあひたまへ酒杯(しゅはい)置き月の光に射(い)ぬかれながら

伊藤一彦『月の雫』（鉱脈社、二〇二〇年）

「君と君抱きあひたまへ」だなんて、どういう場面かと思われる歌だ。

『月の雫』は、田中等の彫刻と伊藤一彦の短歌とのコラボレーションの一冊である。

この一首の田中の彫刻は、「MOON DANCE」。白い縦長の大理石が二つ、台の上に向き合うように立ち、それを人の姿に見立てれば腕のあたりで横縞の輪をかけられたように繋がっている。この作品に対して田中は、「マレーシア・ヤップ邸のオープンテラス　ここに招かれた人々は月の抱擁とともに盃を傾け　常夏の夜に涼やかな時をすごす」とコメントを付けている。

この彫刻の写真とコメントに対話するように、伊藤の短歌は作られている。

彫刻とそれに添えられたコメントがもたらすインスピレーション。

「君と君抱きあひたまへ」は、白い石の造形に向けられている。そしてまた、田中のコメント「ここに招かれた人々は月の抱擁とともに盃を傾け」を容れながら、ここに招かれた人と人ということにもなる。

二つのものが抱き合ったまま月の光で射ぬかれるイメージは、石の彫刻と重ねられて、この世のものを超えた、なにか神聖な輝きを放っているようだ。

わざはひを黄金色(わうごんいろ)に吸ひとりて深き闇もつ彼(か)の世に送れ

この歌の元になっている田中の彫刻は、やはり「MOON DANCE」で基本的な造形は同じだが、こちらは金色のブロンズでできている。金色の半月が二つ向き合って、真ん中で繋がっているように見える。田中は「月は黄金色に輝く　廻りの様々を写しながら、月はやわらかく舞う」とコメントを付けている。

まさに「MOON DANCE」。黄金色に輝く月ということで、素材も石から金色のブロンズにしたのだろう。輝く金属面には、廻りのものが映りこむ。

この映りこみから、「わざはひを黄金色(わうごんいろ)に吸ひとりて」に。この世の禍を月が吸い取って、「深き闇もつ彼(か)の世に送れ」と月の光の舞いに合わせて、短歌は祈りへとつながる。

彫刻とそこに添えられたコメントとの対話は、どこか哲学的で格調が高い。

高校の教師になって初めて教えた人との、このコラボレーション。作者は、「教師冥利に尽きる」とあとがきに書いている。

2021/07/28

草の露ふくみしづかな秋虫のからだのなかで水はめざめる

小黒世茂『九夏』（短歌研究社、二〇二一年）

しっとりとした朝の空気。草の露を口にして静かにしている秋虫。この虫は、ウマオイ、カンタン、スズムシ、ツユムシ、クサキリの類だろうか。なんとなく草色の虫のように思われる。「草の露ふくみ」という、やわらかな表現。そこに、微量の水にいのちをつないでいる虫の姿が見えてくるようだ。

静かにしていた秋虫だが、その「からだのなかで水はめざめる」。ただの水だったものに生命体としてのスイッチがはいる。「水はめざめる」には、そんな生き生きとした生命の宿りが感じられる。水が生命体に組み込まれ、秋虫のいのちを動かしてゆく。

生命（いのち）の中を循環する水。壮大な生命のドラマと水との関わりが、小さな秋虫のなかにも確かに繰り広げられている。

苔の吐く息はうつすら霧となり樹下のをんなの声をくもらす

「苔の吐く息」、そこに含まれている水分。それがうっすらとした霧をつくりだし、樹下にたたずむ「をんなの声」をくもらせる。

「をんなの声」、呼気とともに発せられる声。そこにも微量の水分が含まれている。「苔の吐く息」と「をんなの声」とは混ざり合い、すべてが水の粒子のただよう世界のなかに取りこまれる。苔も樹も、女も、森の生命の一部のようになる。この女は、作者自身であるのかもしれない。なかなかできる体験ではない。

「をんなの声」がくもったのは、震えるような感動のせいだったのかもしれない。

湯気のやうな風のかよへる小路から空がもうぢきひくくなるかも

こちらは、真夏の街か。うだるような暑さの中、小路には湯気のような風が通っている。湯気のような風では、陽炎がたったり、逃げ水が見えているのかもしれない。そんな暑い日には、天気の急変がある。「空がもうぢきひくくなるかも」は、その予感。間もなく雨雲が空を低くして、ひと雨ザッとくるのにちがいない。

自然界が見せてくれる、水のさまざま。時には恐ろしい災害をもたらしもするが、その水によって生命は保たれ、次へと繋がっているということ。水はあらゆる生命と関わりながら、目に見えないところでも絶えず循環している。

2021/07/30

わたしはあなたにならない意思のなかにある淋しさに火という火をくべる

山崎聡子『青い舌』（書肆侃侃房、二〇二一年）

「わたしはあなたにならない」とは、わたしはあなたのようにはならない、ということか。「あなた」に向けられた強い否定。それがどこから来るのかはわからないが、ただ事では無いことだけは明らかだ。

だが、「わたしはあなたにならない」と、きっぱり言い切っているのではない。「わたしはあなたにならない意思のなかにある淋しさ」と続いている。

「わたしはあなたにならない」と心に決めながらも、そこにある「淋しさ」。どこかで「あなた」を否定しきれない、まだ「あなた」に繋がっていたい思いがあるのかもしれない。否定しようとしても容易には否定しきれないくらいに、「わたし」と「あなた」の関係は深い。

けれども、そうであればあるほど、その思いはここで断ち切らなければならない、と思うのだろう。だから、その「淋しさ」を焼き尽くすように「火という火をくべる」。

『万葉集』にある狭野弟上娘子（さののおとがみのおとめ）の歌、「君が行く道の長手（ながて）を繰り畳（たた）ね焼き滅ぼさむ天（あめ）の火もがも」とは逆方向のベクトルがはたらいているようだ。君が遠くへ旅立っていこうとする道を焼き滅ぼすような天の火がほしいと、「君」を自分のもとに留めようとした狭野弟上娘子。それに対してこちらは、「あなた」を断ち切るために必死で「火という火をくべる」のである。ベクトルの向きは違っても、いずれも激しく、苦しい。

十代が死んでくれない　強くあなたをなじって夏の終わりがきてる

墨汁が匂う日暮れのただなかのわたしが死ねと言われてた道

関連があると思われる歌を二首挙げてみた。ここにも「あなた」がいて、「わたし」がいる。どちらも辛い歌だ。具体的な背景はもう一つわからないが、苦しさだけは痛みを伴うようにして伝わってくる。

だからこそ、こういう歌もあるのだろう。ずっと後に置かれている歌だが。

雨後の土に触れるわたしに絡みつく物語からとおく離れて

雨後の土に触れる。それはたぶんほっとする瞬間だったにちがいない。身に絡みつく柵(しがらみ)から解き放たれた時間。なんでもない、ただのヒトでいられる時間。「わたしに絡みつく物語」をすべて振り捨てることはできないにしても、この時のように、少しでもそこから離れられ、ゆったりと呼吸することができますように……。

2021/08/02

とことはにまた新しくきみを恋ふ老いて病んでも尖塔だから

黒木三千代（「短歌」二〇二一年八月号）

「尖塔」十二首より。

「とことはに」は「常永久に」。永久に、とこしえに、ということ。「また新しく」は、そしてまた新しく、ということか。

「とことはに」ずっと変わらずに続くことを言う一方で、日々更新される〝君への恋〟を言うのである。ずっと変わることなく、そしてまた日々に新しく。たとえ、きみが老いて病んでも、わたしにとって高く聳えている尖塔なのだからと。「きみを恋ふ」思いは、揺らぐことがない。

かく宣言するのは、周囲から〝君への恋〟を阻まれそうになっているからであった。

面会は出来てゐたのだ乗り継ぎをくりかへし行きしきみのアジール
こひびとよ思ひと違ふ〈ご家族〉の意思にあなたが隠されてゆく
ふろしき包みひとつかかへて身を売りにゆく夢の背に牡丹雪降る

阻んでいるのは、きみの〈ご家族〉。これまでは面会できていたのに、コロナ禍のなかで面会するには、〈ご家族〉の許可が要る。ところが、その〈ご家族〉は会わせてくれようとはしない。きみの思いも、わたしの思いも、〈ご家族〉の意思の前に取り合ってもらえない。〈ご家族〉の意思によって、隠されてゆく「あなた」。ふろしき包みひとつを抱えて身を売りにゆく夢は、抑えることのできない「きみを恋ふ」思いが見させたのにちがいない。

この作者の第一歌集は『貴妃の脂』（一九八九年刊）。その中に忘れられない歌がある。

さうたうに軌道はづるる生き方もしてみよみよと三月の猫
老いほけなば色情狂になりてやらむもはや素直に生きてやらむ

「老いほけなば色情狂になりてやらむ」にドキリとし、こういうことも歌にすることができるのだと目を開かれたのであったが、要は〝いかに生きるか〟ということなのだと思う。

相当に軌道を外れる生き方というのも、世間の通念に照らしてであって、それに対して善も悪もない。「色情狂」という言葉にはビックリさせられるけれど、つまるところは素直に生きるということである。

けれども、素直に生きるということが、思いのほか難しい。世間体だの、〈ご家族〉だの、いろいろなものに配慮しはじめると、身動きが取れなくなってしまう。

「きみのアジール」と言い、「老いて病んでも尖塔」と恋う人にとって、恋はあるいは信仰に近いのかもしれない。聖なる領域に聳え立つものに、身も心も傾けてゆく人の強さを思った。

2021/08/04

うしろすがたに葉陰は揺れてもうそこに戻ることはない、夕闇の庭

野田かおり『風を待つ日の』（青磁社、二〇二一年）

後ろ姿を見送る。その人がもう戻ることはないと分かっている。葉陰が揺れているのは、別れの挨拶なのかもしれない。後ろ姿を見送ったあとには、ただ夕闇の庭が残されている。「葉陰は揺れて」とあることから、夏の夕暮れのようだ。戻ることのない人は、亡くなった人のように思われる。

「うしろすがたに」とひらがな書き、字余り七音で、ゆっくりと一音一音を確かめるように始まった一首は、「もうそこに戻ることはない」と四句目まで続き、読点を打って、結句の「夕闇の庭」に。たっぷりとした情感をもって詠われている。

「戻ることはない」は、もう会えないということであろうが、「うしろすがた」を主体とすることで、氾濫を起こしそうな感情はぎりぎりで抑えられているようだ。

会ひたいと思へばみづに砂うごき金魚の影が腕にゆれたり

ここにも影の揺れがある。

会いたいと思うと、水の中に砂がうごき、金魚の影が腕にゆれた、という。

会いたいという気持ちに反応したかのような金魚の動き。それも、砂の動きによって金魚の動いた気配を感じさせ、腕にゆれたのは「金魚の影」。この実体がぼかされたような表現から、「会ひたい」と思っている相手は、やはり亡くなった人のように思われる。

ゆふぐれに呼ばるるやうに振り向けば木々のあはひをのびてゆく影
記憶とは揺れながら燃ゆる舟であり漕ぎ出すたびに夕焼けあなた

影と揺れとが、ここに居ない人を思わせつつ、作者にとって忘れ得ぬ人であることを印象づける。そして、「夕焼けあなた」の鮮やかさ。燃えるように、もういない「あなた」の像が浮かび上がる。

2021/08/06

体験を語らずに逝く人たちを思う小川の白き藻の花

北辻一展『無限遠点』(青磁社、二〇二一年)

作者が医師を志して、故郷の長崎に戻り、そこで医学生として過ごした頃の歌。

「体験を語らずに逝く人たち」は、直接的には〝長崎で被爆した体験を語らないまま亡くなる人たち〟ということのようだ。

四句が「思う小川の」と、句割れになっている。「思う」が「小川」にかかっていると読むならば、「小川の白き藻の花」が思っていることになるが、ここは「思う」で切れていると読んだ。

つまり、「体験を語らずに逝く人たち」＝「小川の白き藻の花」。小川の白き藻の花は、清流に見られる梅花藻の花か何か。被爆の体験を語らないまま亡くなった人たちを比喩的に表しているのだろう。

水の中に咲く白い花は、死者のイメージにつながる。「藻の花」は「喪の花」でもあるのかもしれない。

今年は戦後七十六年。戦後生まれの私たちが、戦争体験者や広島・長崎で被爆した人々から直接、その体験を聞くことのできる時間はそう長くは残されていない。そうであるならいっそう、体験したことを語ってほしい、聞かねばならない、ということにもなろうか。

だが、戦争体験や被爆の体験を聞くことの大切さを思う一方で、無理に語らせるようなことではないと思う。語りたくないという気持ちでいるのなら、それを尊重しなければならない。語り部となって語らねばと、それを自らの使命のように感じている人もいるだろうが、多くの人たちは体験を語らないまま亡くなっていったのではなかったか。その人たちが抱えていたもの、口にすることができずにいたことを深く思いみる。

流れのなかに揺れる白い藻の花が、そういう人たちの言葉にならなかった思いをささやきかけているように見えてくる。

被爆三世とさらりと告げる友人のサングラスの奥の眦やさし

それぞれの家に継がるる被爆記を裡に秘めおり長崎の人は

自分が語ることによって、相手にどんな思いをさせるか。語る相手を選ぶということもあるだろう。また、辛い体験であればあるほど、自分の言葉で語れるようになるまでには長い時間がかかることだろう。

そうして、もしも語り聞かせてもらえることがあったならば、それはその人との間に信頼関係が生まれ、この人にならば痛みを共有してもらえると思ってもらえたということなのかもしれない。言葉はそこで確かに受け止められ、次へと伝えられてもゆくのだと思う。

2021/08/09

極東の列島は原爆実験にふさはしかりしか　ああいまもなほ

松尾祥子『楕円軌道』（角川書店、二〇二一年）

実際の戦争における原爆投下は、広島と長崎のみ。それも種類の異なる原爆が、八月六日に続いて、三日後の九日に投下された。できたばかりの原爆を実験したかった人たちがいたことは確かで、それも市街地に投下することでどんな破壊力をもち、人間に与える影響についても知りたかったのだろう。

その実験に選ばれた「極東の列島」。

極東。ヨーロッパから見て、東の果て。さらに、そこにある列島。大陸から切り離された島国であることが、原爆実験の地として、やはり相応しかったのだろう。

一首は、「ふさはしかりしか」と断定を避けて、問いかけにしている。

相応しかったのかというここまでは過去のことを言っているが、一字アキの後にくる結句は、そこで留まらないこと、今に続いていることを告げている。「ああいまもなほ」に込められた嘆きの深さ。

八月の青人草（あをひとくさ）よ　みどりごを抱きつつ六・九・十五日過ぐ
廃炉計画なきまま再稼働決めぬ地震予知すらできない日本
汚染水海に流せる極東の島国に降る長月の雨

この歌の前に置かれている三首を挙げた。

東日本大震災・原発事故を経てなお、廃炉計画もないまま原発の再稼働を決めてしまう日本という国。放射性物質を含む汚染水を海に流しつつ、である。

「ああいまもなほ」という嘆きの元には、原発事故があり、その処理もできないままに再稼働を決める国が自分の国であるということがあった。そして、抱いているみどりごの未来を思うのである。これからを生きていく子どもたちの生存が脅かされるようなことがあってはならない。そのために私たちに今、何ができるのか。胸に抱いたみどりごが切実に考えさせたことである。

今、日本は、原発の事故や、その後の再稼働の実験の真っ只中にあるのかもしれない。「極東の列島」という認識のもとに、日本に世界の目が向くときの、そこにあるもの。ぞわぞわさせられる。

2021/08/11

風防がらすのかけらをこすつてわかるものだけ手をあげてごらん

平井　弘『遣らず』（短歌研究社、二〇二一年）

飛行場の近くに風防ガラスのかけらを探しに行ったんだよ。擦るといい匂いがしてね。そんな話をしてくれたのは、この作者と同じ昭和十一年生まれの人。戦争中の少年の遊びは、思いのほか優しい色合いをしている。話してくれたときの、懐かしむような、少し恥ずかしそうな顔が忘れられない。

風防ガラスは、戦闘機の操縦席のガラスだ。ガラスと言いながら、アクリル樹脂でできている。現在のアクリル板と違って、純度が低く混ざり物が多いので、擦ったときに甘いような匂いがしたらしい。

それを探しに行くのは、少年にとってはちょっとした冒険。見つけられたら宝物だ。ときどき擦っては匂いをかいだり、擦りながら何かのかたちを作ったりしたのだろう。

「風防がらすのかけらをこすつて」と聞いて、すぐにピンとくるのは、たぶん作者と同世代。子どもの頃に戦争を体験している。

「がらす」までひらがな表記で、全体にやわらかな雰囲気だが、その元が戦闘機であることを思えば、その雰囲気とは裏腹のものを思わずにはいられない。

「風防がらすのかけらをこすつて」と「わかるものだけ手をあげてごらん」の間には、たぶん省略がある。例えば、「風防がらすのかけらをこすつて（と聞いただけで）わかるものだけ手をあげてごらん」というように。

そして、「わかるものだけ手をあげてごらん」は、どうしたって同じ作者の「男の子なるやさしさは紛れなくかしてごらんぼくが殺してあげる」（『前線』一九七六年刊）を想起させる。内容的にもどこかで繋がっているようである。

なすの馬の脚のうゐたいつぽんだけがいまもあるいてゐるつもり
あとを追つてはひつていかなかつた影がまはりどうろうをみてゐる

お盆の棚に飾られた茄子の馬。脚が一本だけ浮いているのは、その一本だけがまだ歩いているつもりなのだという。そこに立ち現れてくる、今なお行軍を続ける兵の姿。

ほかの者たちが去っていった後に、なお留まった影が見ている回り灯籠。揺らめく灯の中に佇んでいるのは、戦争によって断たれた命の影ではなかったか。

戦争によって傷を負ったのは、子どもも同じである。いや、まだ自分で生きる術を持たなかった子どもたちの方が、より深く傷を負ったのかもしれない。負った傷は、それから何十年経とうと消えない。忘れてはならないとも思っているのである。

2021/08/13

かくも長き戦後を写真の廃墟にて立ちつづけゐる裸足の男(を)の子

高尾文子『あめつちの哀歌』（本阿弥書店、二〇二〇年）

「元米国従軍カメラマン、ジョー・オダネル氏撮影『焼き場に立つ少年』によせて」という詞書のつけられた、「投下後の地平にただ立つ少年のおんぶ紐死児をしっかりと結ぶ」に続く歌。

「投下後」とは、長崎の原爆投下後のことである。

写真の中の少年は、死んだ弟をおぶって、口を真一文字に結び、気をつけの姿勢で立ち、まっすぐ前を見ている。このあと、焼き場で弟が焼かれるのを見守り、くるっと回れ右をすると、一度も振り返ることなく立ち去ったという。その後、この少年がどんな人生を送ったのかは不明だが、この時までに少年が負ったものや、この時から後をどのように子どもの力で生きていったのかを思わずにはいられない。

一首は、写真の少年に焦点をしぼり、作者の感情は抑制されている。だがそれでも、「かくも長き」や「廃墟にて立ちつづけゐる」といった表現には、抑えきれないものが滲む。

作者は、昭和十三年生まれ。昭和二十年、撮影されたこの少年と同じ年頃だったことを思うと、戦後生まれの私などとは写真の見方がかなり違うのではないかと想像する。あるいは、この少年は〈わたし〉だ、〈わたし〉だったかもしれない、と強く感じられたかもしれない。

「ガス室に消えし幼女の遺す靴　くつひも結ぶちさき手も視ゆ」といった、アウシュビッツで見たものをうたった歌にも、共通する作者の眼差しを感じる。そして、その先にある祈り。

ゆく秋の世界を神を視るやうにぬれぬれと瞳ひらくみどりご
たぶん小声にかしこきことを言つてゐる藍色微塵けさのつゆくさ
大きな死小さな死なんてないといふ　草の穂つかむ空蟬が言ふ

小さな者に向ける眼差しの温かさ。その背後にある、作者の歩んできた道のりを思わせるものでもある。

2021/08/16

尿（ゆまり）する犬見てあれば人生の途中の時間あたたかくなる

小島ゆかり『雪麻呂』（短歌研究社、二〇二一年）

犬を連れての散歩中の一齣だろうか。

「尿（ゆまり）する犬見てあれば」と条件が示され、「人生の途中の時間あたたかくなる」と続き、歌の構造としては平明な表現である。

だが、まず「尿（ゆまり）」。小便のことを言うのに、この表現が選ばれている。

「ゆまり」は、「湯放（ゆまり）」。「まり」は、排泄する意の動詞「まる」の連用形から来ている。『大辞林』は、『古事記』からの用例を挙げている。それほど古くからある言葉だ。「ゆまり」と言うと、生きている身体から放たれた温かい水という感じで、排泄物であるにもかかわらず汚いという感じはあまりしない。命そのものの温もりが「ゆまり」という言葉のなかにもあるようだ。

同じことを言うのに、「尿（にょう）」では生理学的、「おしっこ」では幼児語、「しと」では「ゆまり」にある温かな感じはない。ここは、どうしても「ゆまり」である。

次に、「見てあれば」。見ていると、と言うのとは違う。見て、わたしが在る（存在している）と言うのだ。犬に対する「わたし」、その存在がつよく意識されている。

それがあるから、「人生の途中の時間あたたかくなる」となる。

放尿する犬を見て、なにか心がほっとした、身内があたたまるように感じたとは言っても、そこに「人生の途中の時間」まではなかなか出てこないだろう。「わたし」の人生、今がその途中であることが俯瞰的に意識される。そして、人生の時間に、尿をする犬を見ているひとときが温かいものとして組み込まれる。

それは取るに足りないような出来事で、ほんのひとときのことにすぎないが、ふっと救いのように「わたし」にもたらされたものだ。そう感じたことは、それだけ苛酷な日常のなかに身を置いているということでもあろう。

遠方といふはるかなる場所があり枯芝色の犬とあゆめば

この歌では倒置法になっているが、前の歌と構造は同じだ。枯れ芝のような色合いの犬と歩んでいると、遠方というはるかなる場所がある、と。遠方、はるかなる場所があると思わせてくれる犬との歩みに安らいでいるのである。

「枯芝色」という色の表現がまた、遥か彼方に広がる草原を思わせもする。今いる此処(ここ)とは違う遠方、はるかなる場所があるということが救いのように思われることもある。

2021/08/18

身をひとつ左へゆるい坂道にめぐらせゆけばそこが海です

大久保春乃『まばたきのあわい』（北冬舎、二〇二一年）

「身をひとつ」と始まり、どこへ連れていかれるのかと思ったら、海への道案内だった。二句目、「左へゆるい」と読んでいくと、ゆるい坂道であって、三句目の方にかかるのだった。四句目の「めぐらせゆけば」まで繋がっていく、ゆるい言葉運びが心地良い。「身をひとつ……めぐらせゆけば」というのも、わたしでもあなたでもなく、身体が運ばれていかれる感じで、なんとも不思議な感覚だ。

そして、最後にパッと開ける風景、「そこが海です」。左へ、ゆるい坂道の先は、海なんだ。そこで読者が見せられる海は、それぞれのお馴染みの海なのではないだろうか。知ってる、知ってる、あの海ね、という成り行き。

それはあえかないらえであってひと筋の煙の内に瞬のまたたき

「あえかな」は、弱々しくたよりない美しさの様子。雅（みやび）な言葉だ。「いらえ」は「応（いら）え」。返事のこと。これも雅な言葉だ。

ひと筋の煙が立ちのぼり、その煙が一瞬またたくように揺らぐ。一首の頭に置かれた「それは」

が指しているものである。それ＝あえかないらえ＝ひと筋の煙の内に瞬のまたたき。

墓か仏前に供えられた線香の煙のように思われる。こちらからの呼びかけに応えるように、煙が瞬のまたたきを見せてくれたのだろう。

「それは」と静かに始まった歌は、雅な雰囲気のうちに死者との交信がなされたことを伝える。

不思議な出来事ではあるが、似たような体験をしたことがあるかもしれない。読者にそんなふうに思わせる歌である。

だれもが通る道ですからと　ひともとの夕日を透かす葦になるまで

「だれもが通る道ですから」という声。誰が言ったのかと辺りを見回してみると、それは夕日を透かしている一本の葦であった。

あるいは、〈考える葦〉と言われる人間である。「だれもが通る道ですから」は、西方からの光のうちに晩年を迎えるということを言っているのかもしれない。あるいは、……。

読みをひとつに絞ることはできないが、人生を思わせつつ、美しいイメージがひろがり、読者を遊ばせてくれる。

2021/08/20

知らぬことまだまだありさうコンビニのクリームパンが好きな連れ合ひ

外塚　喬『鳴禽』（本阿弥書店、二〇二一年）

長年、連れ添ってきた夫婦といっても、お互いに知らないことはあるものだ。コンビニのクリームパンが好きだなんて。妻にそんな好みがあったのを知った夫の驚き。いやいや、知らないことはこれだけではなく、まだまだありそうだと妻を見る目がちょっと変わる。この一首では、「妻」ではなく、「連れ合ひ」。

夫婦二人ひと組、いつも共に、同じ方向を見ている同志のような近しい響きがある。そういう存在にして、まだまだ知らないことがあるというのだから、びっくりしているのである。だが、このびっくりは、どこか嬉しげ。驚かされるのを喜んでいるようだ。

竹ばうきなくてはならぬ連れ合ひの地（つち）の面（おもて）の光あつめる

庭を掃くときは、いつも竹箒をつかう連れ合い。竹箒がなくてはならない連れ合いだ。その連れ合いが竹箒をつかっているさまは、「地（つち）の面（おもて）の光あつめる」といった具合。実に美しい。それをまた、ほうと眺めている夫である。

連れ合ひでなければ機嫌悪ければ姥捨て山に捨てさうになる

これはまた穏やかでない。機嫌が悪いと姥捨て山に捨てそうになると言う。でも、連れ合いだから捨てはしないのである。こんなことを歌にしてしまえるのも、相手が連れ合いだから。ちょっとやそっとのことでは崩れない信頼関係ができている。

「連れ合ひでなければ機嫌悪ければ」という、「〜ば」の繰り返しは、並列しているわけではない。こちらが機嫌の悪いときには、この人が連れ合いでなければ姥捨て山に捨てそうになると言うところを、「連れ合ひでなければ」が先にくることで、捻れたような可笑しみが生じている。ちょっと言い難いことを言わせてもらったという感じだろうか。信頼関係があるとは言っても、それなりの心遣いは必要だ。だからこそ続く信頼関係でもある。

朝朝に甕のメダカに餌をやり生き延びてゐるのは妻かも知れず
嘘をつかないメダカが好きといふ人の忘れずに餌をやる雨の日も

「連れ合ひ」ではなく、「妻」「人」と表現した歌も挙げてみた。相手を見る眼差しのやさしさは同じだが、「連れ合ひ」と言うときには、相手に対して素直に安らいでいる感じがする。距離がうんと近づいて、「ベターハーフ」と言うのに等しいような。

2021/08/23

ホースリール回せばシュポポはね返りホースの先がしまはれてゆく

山本枝里子『無人駅』（ながらみ書房、二〇二一年）

水まきをした後、ホースを巻き取って片づける。その時、ホースの中に残っていた水がホースの先を思いがけない勢いで動かして、シュポポと飛び出す。巻き取られるホースの動きと勢いよく飛び出す水が目に浮かぶようだ。ホースを片づけながら、びしょ濡れになった経験がある人もけっこういることだろう。「ホースリール回せばシュポポはね返り」の、言葉の弾み。「シュポポ」という擬音語の面白さ。夏の暮れ方の、水のきらめきまで感じられる。

マヨネーズの空気プシュッと抜くごとしエレベーターで屋上に出る

マヨネーズの容器を立てて、中の空気をプシュッと抜く。これは比喩。次に何が出てくるかと思えば、「エレベーターで屋上に出る」だ。プシュッと抜かれたマヨネーズの空気のように、エレベーターで屋上に出る。その時、まさかプシュッと音はしなかっただろうが、ビルの中をエレベーターで突き抜けて、勢いよく屋上に出た、といった感じが面白い。マンガみたいだ。

この歌でも、「プシュッ」という擬音語が効いている。

食欲のさえざえとして真夜中にくおーくおーと腹の鳴るおと

真夜中の食欲。もう寝る時間だというのに、食欲が妙にさえざえとして、そのうえ「くおーくおー」と腹まで鳴るのでは、困ったことだろう。

食欲が「さえざえとして」という表現の面白さ。目がさえざえとして眠れないのと同様、食欲もさえざえとして眠気どころではない。そして、「くおーくおー」と腹が鳴る音。「くおーくおー」は「食おう食おう」でもあるか。腹の要求は止まないのである。「くおーくおー」とひらがな表記にしているのも、そういうことかと納得した。

2021/08/25

感謝され逆に元気をもらったと言われ西日が焦げ付いていく

寺井奈緒美『アーのようなカー』（書肆侃侃房、二〇一九年）

感謝され、逆に元気をもらったと言われる。それって、いったい……。

「逆に元気をもらった」とは、なんだろう。「逆に」って？

この頃よく耳にする言葉である。この頃、と言うか、東日本大震災以後と言った方がいいかもしれない。

困難な状況に遭遇している人が、そこで頑張っている姿を見たときに使われる。言ってしまえば、困難な状況に遭遇している人は落ち込んでいて当然なのに、それでも頑張っている姿を見せられて、励まそうというくらいの気持ちで接していた人の方が「逆に」元気をもらったと言うのだろう。

そこに潜んでいる、「逆に元気をもらった」と言う側の優位性。言われた側は、感謝されても何だかなあ……、というようなブスブスくすぶったような感情が残るのではないだろうか。そして、それは「西日が焦げ付いていく」というほどにもなる。

「焦げ付く」、焦げてものに付く。それを剝がすのは容易なことではない。「焦げ付いていく」、嫌な感じはだんだんと高まっていく。

言う方は、きっと最初に誰かが言い出した言葉をなぞっているにすぎないのだろう。こういうときには、こう言えばいいと、「逆に元気をもらった」という言い方が既にマニュアル化している。

だが、それを言われる側は、どんな思いがするものか。本当にこの人はこちらのことを分かってくれようとしているのか、別に感謝される筋合いはない、現実に立ち向かうのに必死なだけなんだから、簡単にそんな言葉で言ってほしくない、と思ったとしても何の不思議もない。

沈黙の中にも味方のいることのミルクスープに蕪は沈んで

本当に求めているものは、沈黙の中にもあるよ、という歌。ミルクスープの中に蕪が沈んでいて、目立たないけれど優しい味を出して身も心も温めてくれるようにね、と言うのである。

人生がしようもなくて何が悪い　ぷすうと変な寝息の君と
手羽先の骨をしゃぶっている時のろくでもなくてうつくしい顔

しようもない人生でもいいじゃないか、ろくでもなくて美しいってこともある。ぷすうという変な寝息をたてたり、嬉しそうに手羽先の骨をしゃぶったりしている人が傍にいるだけで幸せってこともある。

2021/08/27

足の裏なにかぬるつく雨上がりに素足で歩くカーリー寺院

須田　覚『西ベンガルの月』（書肆侃侃房、二〇二〇年）

インドのコルカタのダクシネーシュワル・カーリー寺院を訪れたときの歌。

作者はエンジニアで、二〇一八年よりインド西ベンガルで工場勤務をしている。

カーリーは、ヒンドゥー教の、血と殺戮を好む戦いの女神。女神への捧げ物として毎日、山羊の首を落とす寺院もあるようだ。「花を持ち祈りの作法聞くうちに眉間に赤い印塗られる」という歌もあり、その寺院に入るには作法があるらしい。履き物を脱ぎ、素足になるのもその一つなのだろう。

この一首は、「足の裏なにかぬるつく」と二句で切れる。

雨上がりに素足であれば、泥のようなものなのかもしれないが、「なにかぬるつく」では泥とは言い切れない。ぬるぬるした感触の得体の知れないもの、そんなものを足の裏に直（じか）に感じつつ歩くのは気持ちのいいものではない。

しかし、そこは〝郷に入れば郷に従え〟。どうやらこれが作者にとっては、インドで最初に受けた洗礼であったようだ。

気候・文化の違い、目の前にある貧富の差などなど。赴任したインドは、想像以上にこれまでの概念が通用しない、混沌と濃密な闇を抱え込んでいるところであった。頭による理解などでは到底追いつかない。

私（システム）はいつか壊れる、いつの日かわからぬままにインドを生きる

「私」に「システム」のルビ。日本で培われたものが全く通用しない。このままではいつか自分は壊れる、そういう恐怖と不安を抱えながらも「インドを生きる」と言う。

ここで思い出したのは、詩人の小池昌代のこと。NHKの番組でコルカタを訪れ、滞在中に寝込んでしまったのだった。下痢がひどくなったようだが、むわんとする空気や匂いや圧倒的な人々のエネルギー、そうしたものに当てられてしまったのか。ここでの体験は、やがて『コルカタ』という詩集にまとめられたが、小池がこの時に体験したことも「私（システム）が壊れる」ようなものであったにちがいない。

雨音を消して時間を見つめればすべてしみゆくインドの大地
滅びゆく躰洗えば魂は月の光に赤みを帯びる
土のうえ炎に焼かれ風のなか河へと帰る墓はいらない

こうした歌を読むと、自然に向き合い、原初的なところへ戻っていくような気もするが、たぶんそうはならない。エンジニアとして、どこかで折り合いをつけながら、力強く自らの生を更新していくことだろう。歌集をまとめたことがそれを証している。

2021/08/30

日本海の黒き水面をなめてゆく二十一海里の光達距離で

小山美保子『灯台守になりたかったよ』（青磁社、二〇二〇年）

「光達距離」という言葉を初めて知った。灯台などの光が届く距離を言う。一海里＝一、八五二メートルということは、二十一海里は三八、八九二メートル。この灯台の光達距離である。

この灯台とは、出雲の日御碕灯台。出雲市在住の作者にとっては馴染みの灯台だ。「日本海の黒き水面をなめてゆく」と始まった一首は、日御碕灯台の光が暗い海面を照らしてゆくさまを詠ったものだった。「なめてゆく」と灯台の光が擬人化されていながら、「灯台」も「光」も一首の表（おもて）には出て来ない。代わりにあるのが「二十一海里の光達距離で」という専門性の高い具体である。灯台守になりたかったと言う人だけのことはある。

時雨降る日御碕灯台はや灯りフレネルレンズ音なく回る

「フレネルレンズ」も初めて知った。フランスの物理学者フレネルによる、平行光線を送れるレンズで、灯台で使われている。

日本海に降る時雨。十一月頃だろうか。もうしばらくすれば、時雨は雪に変わるのだろう。そういう季節。時雨のせいで暗くなるのも早く、あるいはいつもより早い時間から灯台が灯ったのかもしれない。フレネルレンズの仕事のはじまり。「音なく回る」のも頼もしい。

フレネルレンズ、灯台の光、密やかな仕事……。そうしたものに守られている暮らしのあること。

住むならば灯台がいい風生まれ風たどりつく風の岬の
朝な朝な波の音聞き風を読む灯台守になりたかったよ

この日御碕灯台には、私も一度だけ行ったことがある。灯台にのぼって日本海を眺めたのだが、思いがけないほどの強い風にあおられて飛ばされそうになったのを思い出す。まったくそこは「風の岬」だった。

ついでながら、日本の灯台守は、二〇〇六年、長崎県沖合の女島灯台を最後に消滅したという。

2021/09/01

ここに居ることの薄さのガラス戸に秋の冷たい指紋をのこす

林　和清『朱雀の聲』（砂子屋書房、二〇二一年）

「ここに居ることの薄さの」までが「ガラス戸に」の序詞になっている。自らの存在感の薄さを思わせる薄さでガラス戸がある。

そこに指紋をのこすのは、ささやかな存在証明だったか。秋の冷えた空気の中で、触れたガラスの感触も冷たかったことだろう。

「ここに」は、「この世に」というような大きな括りと思ったが、あるいはもっと限られた「ここに」なのかもしれない。今現在、直面している問題の前に、あまりに無力な自らの存在の自覚。だとするならば、「指紋をのこす」行為がいっそう切実なこととして見えてくる。

調べは、あくまでも静かに穏やかに、冷たく張り詰めた秋の空気を揺らす。

うつかり歳を取つてしまつて萩の散る朝の路面に佇つこともある

この歌では「うつかり」「取つてしまつて」と、現代仮名遣いでは小さな「つ」で表される促音がつづく。つまる音の連続が戯(おど)けたような弾みをもって、「萩の散る朝の路面に佇つこともある」という他人事のような結末へ。

だが、これは他人事ではない。いつまでも若いつもりでいたけれど、いつの間にか自分もすっかり歳をとってしまっていたことに気づかされ愕然としたと言うのだろう。

「萩」の花からは人生の秋を、それが「散る」ことからは盛りを終えることを、「朝の路面」からは未だ人生の途上にあって初めて気づいたことを、「佇つ」からは呆然とたたずむことを思わされる。そして、最後は「こともある」に回収されていくのだが、他人事のように見えたのは自己を戯画化して笑っているのであった。

林住期なんておほげさ北見れば北山に虹たたせる時雨

この歌にも作者の年齢意識が窺える。

近頃よく目にする「林住期」という言葉は、五木寛之が『林住期』という本を出版したことから広く知れ渡ったようだが、ヒンドゥー教における人生区分の一つ。人生を百年として、学生期・家住期・林住期・遊行期と四つに区切り、林住期は五十歳から七十五歳を言う。森林に隠棲して修行する時期だそうだ。

五十歳からの残りの人生をいかに生きるか。そのことを自分の事として考える年代層が今の日本社会のかなりを占め、作者自身もまたその中に入ってきたのだろう。

けれど、「林住期なんておほげさ」とあっさり斬る。北を見れば北山に虹を立たせる時雨が降っている。そんなに身構えることでもないよ、とでも言うかのごとく。

2021/09/03

父の顔の幅だけいつも開いているカーテンが言う「待ちょうちゃったで」

若林美知恵『逃げ水を斬る』（ながらみ書房、二〇二〇年）

父の顔の幅だけいつもカーテンが開いているのは、娘が来てくれるのを待って、いつもそこから外を見ているからだ。本人は何も言わなくても、カーテンがそのことを証している。娘には父の「待ちょうちゃったで」という声が聞こえ、切なくもなるのである。

作者は、広島県福山市在住。

「待ちょうちゃったで」という、いつも父が使っている土地の言葉の響きがこの一首の要（かなめ）だろう。この言葉から、父と娘に通（かよ）う濃やかな情感が引き出される。

作者の実父は、交通事故により二十六歳で急逝。作者が二歳になったばかりの頃であった。二人目の父となった人は酒癖が悪かったようだ。一緒に暮らしたのは五歳からの二年間。そして、十歳になった作者は三人目の父と一緒に暮らすことになる。反抗期の真っ只中で、父も極端に無口な人だったためか、家族になるには随分時間がかかったと言う。この歌の「父」は、その三人目の父である。介護していた母が先に亡くなり、残された父を今も介護する日々。

そのような歌の背景は知らなくてもいいことかもしれないが、やはり歌の背景を知ることで一首の世界が格段に広がるということがある。

「おじいさん」の呼び名が常となりてより狭まりたるか父との隙間
凍てて飢え病みしシベリアの九年余を語るなく父は卒寿すぎたり
春植えの野菜の苗を見しのみに「楽しかった」と父の呟く
「婆さんは？」尋ねることもなくなりて父のひと日のとろり過ぎゆく

作者に子どもができ、孫ができて、父のことを「おじいさん」と呼ぶのが普通のことになって、父との隙間が狭まったと言う。その父が負っているシベリア抑留の体験。極端に無口だったのも、あるいはその負っているもののせいであったか。これから植え付けようとする野菜の苗を見ただけで「楽しかった」と言う父。母が亡くなってからもう母のことを尋ねることもなくなった父。

そういう父を傍で見守る娘。そういう父に、いつ来るかといつもいつも待たれている娘。

父と娘の、血は繋がっていなくてもこういう繋がりのあることを思うと、胸が熱くなってくる。

2021/09/06

乳母車押しくる母と車椅子押しゆくわれがすれちがふ午後

田中律子『森羅』（ながらみ書房、二〇二一年）

母が押してくる乳母車には赤ん坊だった「わたし」が、「わたし」が押してゆく車椅子には老いた母が乗っているのだろう。ある日の午後、その二つがすれちがう。一瞬にして、母と「わたし」との間に流れた時間が了解される。

時間の尊さと残酷さと。作者は少し泣いたかもしれない。

週に一度動画がとどくヘルパーさんに支へられてる母のなみだ目
翠いろのしづかな蝶が庭にゐる十年ぶりに母帰るあさ

介護施設にいた母であったか。コロナ禍の中で、なかなか面会できなくなり、週に一度、母の様子を知らせる動画が施設から届く。ヘルパーさんに支えられている母が涙目だったのは、寂しいとか悲しいとかではなかったのかもしれないが、それを目にした娘にはやはり切なく映ったことだろう。

朝の庭には、翠いろの蝶がいる。その静けさが、帰ってきた母を迎えている。母はもうこの世の人ではない。施設で亡くなって、十年ぶりにわが家に帰ってきたのであった。

十年。母と「わたし」との間に流れた時間のうちの最後の十年が、施設にいる母とそこに通う「わたし」の時間であったということ。

今日よき日　むくげの上に翠の蝶あの子あのひとただに会ひたし

母の亡くなった後で見る「翠の蝶」は、作者に何を思わせたのだろう。「あの子あのひとただに会ひたし」と人懐かしい思いに誘われたようだ。

TOTOの便器捨てられし草はらを乳母車押し母とわれ行く

この歌では、母と「わたし」とが一緒に乳母車を押している。そこに乗っているのは、まぼろしの赤ん坊か。共に女であることが見させるまぼろし。そして、そこが「TOTOの便器捨てられし草はら」であるのは、なにゆえであったか。

人間が生きることの、美しくはない面。排泄に関わった上に、使い捨てられた便器がものがたるもの。それでも、この世に新たな命を生み、育んでいこうとする女たち。母と「わたし」を繋ぐものが明らかになる。一緒に乳母車を押してゆくイメージは、そこから生まれたのかもしれない。

2021/09/08

客死はたのぞみしことのはるけくも死さへまどろむふるさとの墓

高崎淳子『あらざらむ』（本阿弥書店、二〇二一年）

「客死」とは、旅先で死ぬこと、よその土地で死ぬこと。「はた」は、副詞。ここでは、上を受けて、それと同様であることを表す。「…もまた」といったところか。

知らない土地で死ぬことを望んで故郷をあとにした若い頃も、今や遥か昔になってしまった。長い旅を終えて戻ってみると、ふるさとの墓には死さえ微睡（まどろ）んでいる、と詠う。「まどろむ」は、うとうとと眠る、少しの間眠るということだから、いつか目覚めるときがあるかのような安らかさが、ふるさとの墓にはある。

出郷した頃の思い詰めたような感情を余裕をもって振り返ることのできる、そういう年齢にもなったということであろうか。

そうして作者が戻って来た故郷は、山口県山陽小野田市。そこに和泉式部の墓があったのを知る。大学での卒論が「『和泉式部日記』論」だったという作者である。

恋多き和泉式部の生涯は伝説となり、語りの集団とも結びついて全国に運ばれ、和泉式部の墓とされているのは各地に二百余りもあるという。作者の故郷にあるのもその一つである。

うらうらをつたひ海人にもなりにけむ転生の墓ひとつここにも

紅き梅植ゑたき墓所ぞ享保の石は語らず川はせせらぐ

「うらうらをつたひ海人にもなりにけむ」は、和泉式部の歌「春の日をうらうら伝ふ海人(あま)はしぞあなつれづれと思ひしもせじ」を踏まえて、浦々を伝い歩いて海人にもなっただろうとその旅を思うのである。

墓石には、享保の文字が刻まれていたのか。平安時代の人に、江戸中期・享保の墓石。語りの中で、和泉式部は旅をしながら何度も何度も転生し、山陽小野田市埴生(はぶ)では江戸中期・享保に亡くなったことになっているのかもしれない。

実際の和泉式部ではないにしても、和泉式部の語りに関わった人（おそらくは女性）の存在を今に伝える墓は、さまざまな想像を呼ぶ。そして、考えてみれば、『『和泉式部日記』論』を卒論にした作者もまた和泉式部を語り、和泉式部に連なった一人であった。

石は何も語らないが、この墓に紅い梅を植えたいと思った作者。春に先駆けて凛々と咲く梅にして、色は紅(くれない)。「春は梅」と詠うほど梅の花を好んだ和泉式部は、「世の中に恋といふ色はなけれども深く身に沁むものにぞありける」とも詠っているが、その思いの丈の色としての「紅い梅」を、作者は墓に相応しいと思ったのだろう。

2021/09/10

雪原に生れし窪みそれぞれに影やわらかく春の陽は差す

長谷川富市『雪原（ゆきはら）』（不識書院、二〇二一年）

「雪原」は「ゆきはら」。「生れし」は、「あれし」ではなく「うまれし」と読ませるのだろう。

定型にきっちり収まっていながら、どこにも窮屈なところがなく、ゆったりと雪国の早春の景が描き出されている。「やわらかく」は影のさまを言いつつ、「春の陽は差す」にもかかり、正岡子規の歌「くれなゐの二尺伸びたる薔薇の芽の針やはらかに春雨のふる」の「やはらかに」と同じような効果を上げている。

この一首の前には、次の歌がある。

今日の日の凍（し）み渡りのこと父のことなど弟は吾に語れり

この歌も定型に収まっているが、四句目が「など弟は」とイレギュラーな揺さぶりをかけてくる。「凍（し）み渡り」とは、陽射しによって表面がシャーベット状になった雪が、晴天の朝の放射冷却で凍みて、固くなった雪の上を歩くこと。雪国に春を知らせるものでもあるようだ。

宮沢賢治の『雪渡り』では、「雪がすっかり凍って大理石よりも堅くなり、空も冷たい滑らかな青い石の板で出来ているらしいのです。」と書かれている。そして、四郎とかん子が小さな雪沓（ゆきぐつ）をはいて、「堅雪かんこ、凍み雪しんこ」と言いながらキックキックと歩いてゆくのである。
弟が語ったという「今日の日の凍み渡り」もそのことで、春になったという挨拶でもあったか。それを聞いた作者には、雪原に生まれた窪みのひとつひとつに春の陽が差して、影をやわらかく作っている様子がありありと見えたことだろう。

そして、弟が語ったのはそれだけではなかった。「父のことなど」も語ったのだった。

兵籍簿父の戦死を見る葉月遠くに父の時あり
入隊は吾誕生の八日前残雪深き三月半ば
生後二か月余の吾・母・祖父、父に面会に行く
母九十二歳にて死す遺品より父の入隊後のハガキ6枚
叔父さんが吾の父となりたる日記憶の中におぼろに在りて
ピンと伸ぶ白き口髭小さき目どこか優しい叔父さんの顔

これらの歌からすると、弟が語った父とは、後に父となった「叔父さん」のことなのだろう。語ってくれた弟は、その「叔父さん」と母との間に生まれた子。九十二歳で亡くなった母の遺品から出てきた「父の入隊後のハガキ6枚」が語るもの。そして、今なお優しい「叔父さん」。雪原の窪みの「それぞれに影やわらかく春の陽は差す」という表現が、しみじみと胸に響いてくる。

作者は一九四四年、新潟県生まれ。新潟市在住。

2021/09/13

夜の道吾子と歩けば月光に打ち粉をされて光る猫をり

佐藤モニカ『白亜紀の風』（短歌研究社、二〇二一年）

「吾子」は「あこ」、わが子のことである。

夜の道を子どもと一緒に歩いてゆく。そこで出会った猫、月光の中に光って見える。

「月光に打ち粉をされて」という表現が面白い。

「打ち粉」は、刀剣の手入れをするときの砥粉（とのこ）、蕎麦やうどんをのばすときに振りかける粉、「汗知らず」やシッカロールなどを言うが、いずれにしても「打ち粉をされて」は、粉をかけられたことを言っている。

月光を光の粒子と見て、「打ち粉をされて光る猫」とは、まるで光る粉まみれの猫を見るようではないか。

そんな猫に出会えたのも、「吾子」と一緒だったからかもしれない。幼い子と一緒にいると、一人では目にすることのできないような不思議なものに出会ったりする。

月はまだ平たきものと思ひゐるをさなごの描く月のしづけさ

月でさえ、幼子の目にはまだ平たいものと映っているのだから、他のものがどんなふうにその目に映っているのか計り知れない。大人になった者も、かつては持っていたはずの子どもの目。それを手放してしまった後では、幼子に助けられて、驚きながら子どもの目で見ていたものを確認するのかもしれない。

夏の日は白亜紀もまた近くなりとほくに恐竜生(あ)れし声聞く

幼子の成長は早い。にわかに恐竜好きになったりもする。そのお蔭で、緑の生い茂る夏の日は白亜紀に近くなり、耳を澄ませば、遠くに恐竜の生まれた声を聞くことだってできるのだ。作者が住んでいる沖縄。大きなシダ類も茂るヤンバルの森ならば、白亜紀に容易くワープさせてくれるかもしれない。

空へ扉(と)はすべて開かれ駆け抜ける風ありこれは白亜紀の風

明るく開放的な空のもと、風はどこへだって駆け抜ける。いま吹いている風は、白亜紀の風。日々、成長めざましい子どもとともに感じている風である。

2021/09/15

お客さん旨さうに酒を飲むねえと〆鯖の上で褒められてをり

田村　元『昼の月』（いりの舎、二〇二一年）

たぶんカウンター席で飲んでいるんだな。中で仕事をしている店主とたまに目が合ったりする。で、声をかけられる。「お客さん旨そうに酒を飲むねえ」とは、ほんとうに酒を飲むのが好きで、一人でも誰かと一緒でも、気に入った肴と酒でご機嫌になれるのだろう。この日の肴は〆鯖。「〆鯖の上で褒められてをり」と相成った次第。「〆鯖の上で褒められてをり」とは、ちょっと剽げた表現だ。山崎方代の歌に通じるようなところがある。

〆鯖のひかり純米酒のひかりわが暗がりをひととき灯す

もう一つ〆鯖の歌。生きの良い〆鯖に純米酒を身の内に入れながら、ひととき憂さも晴れるというもの。「〆鯖のひかり」「純米酒のひかり」に感謝である。「わが暗がりを」というところに、酒に至る前の日常が覗く。けっこう大変なことを抱えているのかもしれない。

弁当の箱をかばんに仕舞ふとき口はご飯をまだ噛んでをり
マッサージチェアに背中を突つかせて四十の坂はゆつくり登る
うつむきて市道を行けば　あめ、をすい、あめ、あめ、をすい　地に蓋をして

弁当をゆっくり食べる時間もないくらいの職場の忙しさなのか。弁当の箱をかばんに仕舞うとき、口はまだご飯を噛んでいるというのが笑いを誘うが、妙にリアルでもある。

疲れれば、肩も凝るし、背中も張る。そういうときはマッサージチェアのお世話になり、背中を突っつかせる。そうやってゆっくり登る四十の坂だなんて、すっかり中年の姿。どうぞ笑ってくださいとでも言っているようだが、四十歳はまだまだ若い。

うつむいて行く市道には、「あめ、をすい、あめ、あめ、をすい」。マンホールの蓋に書かれている文字を読んでいる。蓋をされた地下には、雨や汚水を流す水路が張り巡らされ、市民の生活を見えないところで支えている。しょぼくれている感じだったが、俯いていたお蔭で、いつもは気にも掛けないでいたものに気づいたりもしたわけだ。

酒を潤滑油にしながら、戯画的に描き出されるサラリーマンの生活。おのれを笑いながら生きる姿勢は、かなりしたたかと見た。

2021/09/17

古びたるジャングル・ジムの胎内を震はすやうに秋風はふく

橘　夏生『セルロイドの夜』（六花書林、二〇二〇年）

古びたジャングル・ジムを秋風が吹き抜ける。どこかの公園で見かけそうな光景だが、この一首はそういう歌ではない。

「古びたるジャングル・ジムの胎内を震はすやうに」とは、どういうことだ。そもそも「ジャングル・ジムの胎内」って？　ジャングル・ジムが、母体のように見られている。がらんどうにしか見えないジャングル・ジムが宿したものは、そこで遊んでいた子ども達、今はもう居ない子ども達だろうか。

鉄の棒を組まれただけの、目の前のがらんどう。居るはずのものが失われた、からっぽの空間は、秋風が吹けば震えるようなもの。古びてもいるのであれば、もはやその「胎内」を充たすものを期待することはできないのかもしれない。

古びたジャングル・ジムに、どこかで作者は自らの姿を重ねているのだろうか。

うつしよに在るかなしさよ木枯しのなかにジャングル・ジムは毀れず

もう一首あるジャングル・ジムの歌。

「うつしよ」は、現世、この世。ひらがな表記の「かなしさ」は、「悲しさ」「哀しさ」「愛しさ」のいずれでもあることを思わせる。この世に存在することの「かなしさよ」と、軽い詠嘆があり、季節は進んで吹いているのは木枯しだ。木枯しのなかにジャングル・ジムは毀れずに在る。

この世に生きていることの、耐えがたさと愛おしさと。

その後につづく歌をいくつか挙げてみる。

あかねさす昼のファミリーレストラン皓々として深き窖（あなぐら）

避妊具がひとつふたつと落ちてゐる道を辿ればさくらはなびら

景徳鎮の皿絵の子らもひとりづつ踊りだしたり秋のはじまり

切子のグラスを割つてしまつたのはわたくしとキッチンをわたる秋風が告ぐ

雲の切れ間にかがやける近江の死者の笑顔をこそおもへ

最後に挙げた歌には、詞書のように「吊り革のあたりまよへる花虻は近江のくにへゆきて死ぬらむ　川本浩美」とある。川本浩美とは、作者の亡くなった前夫である。

人にはいつも帰ってゆくところがあるように思う。そこを中心にめぐっているようなところ。それは、一つとは限らないけれど。

2021/09/20

とりあえずのぼるしかなし地下鉄の駅を出でては雨にし打たる

桜井健司『平津の坂』（本阿弥書店、二〇二一年）

地下鉄を使って目的の駅に到着。地上に出るには、「とりあえずのぼるしかなし」。のぼっていって、地上に出てみたら雨だった。で、「地下鉄の駅を出でては雨にし打たる」と相成る。

「出でては」の「は」は、仮定条件と解される文脈に用いられる「は」。地下鉄の駅を出たなら、といったところか。「雨にし」の「し」は、強意を表す。と言っても、ここでは「雨」をさほど強めて言っているわけではなくて、語調をととのえるくらいの用い方のようだ。「打たる」の「る」は、受け身の助動詞。

地下鉄で来て、駅に到着。とりあえず上るしかなくて、それで地上に出てみたら雨に打たれる。参っちゃいますね、という作者の声が聞こえてくるようだ。

「地下鉄の駅を出でては雨にし打たる」という表現の、妙な味わい。やれやれ、参ったという感じが、そこに醸し出されている。

「結果を出せ」「成果を見せろ」という声がここに響きて春ぞ闌けゆく

この歌、職場で聞かされる容赦のない声がそのまま使われている上の句に対して、下の句は実に長閑(のどか)だ。「春ぞ闌(た)けゆく」と、係り結びまで使う念の入れようで、職場の声からは遠いところへといざなう。

「結果を出せ」「成果を見せろ」という声がここに響いて、春もたけなわです、とは。「春ぞ闌けゆく」というコテコテの古典的な表現で、「結果を出せ」「成果を見せろ」の声に対抗しているわけだ。トゲトゲと迫ってくる職場の声をやんわりとはぐらかす。それも生きる上での知恵である。古典的な表現の、新たなる効用と言えそうだ。

あまりにも古語とは遠き職に就き夏の向こうの逃げ水ぞ輝(て)る

「結果を出せ」「成果を見せろ」と言う職場、それは「あまりにも古語とは遠き職」であるが、そこに身を置きながら、なお古語に、古典に親しむ。それは、「夏の向こうの逃げ水」のようなものかもしれないが、光り輝いている。光り輝いて、大きな組織や権力に呑み込まれないための一つの方法を教えてくれているようでもある。

作者の勤務先は、日本橋兜町にある。

2021/09/22

後頭部をつめたい窓にあずければ電車の音が電車をはこぶ

土岐友浩『僕は行くよ』（青磁社、二〇二〇年）

たしかに、電車に乗って後頭部を窓にあずけるような座り方をすれば、揺れとともに電車の音をより強く感じられ、それと共に電車の動きもダイレクトに身体に伝わってくる。

この一首には、人が身体を通して感じたことを知覚するまでの一連の流れが表現されているようである。それは、改めて見るとちょっと不思議な感じがする。

「後頭部を」という出だしの言葉は、単に人体の部位を表しているようで素っ気ない。抒情性のようなものが入りこむ隙がない。この言葉の選択は、作者が医者であることが少しは関わっているだろうか。「後頭部をつめたい窓にあずければ」という上の句に対する「電車の音が電車をはこぶ」という下の句。原因と結果を言っているようで、どうしてそういうことになるのか、なにかちょっと不思議な感じになる。

そして、「電車の音が電車をはこぶ」という表現。電車が動いているから音がすると思っていたのが、「音が電車をはこぶ」と言われては、ちょっと意表を突かれる。認識の順から言えば、自分の身体で感じたことがあって、頭による理解はその後に来る。それで言えば確かに、自分の身体で感じたこと＝電車の音、頭による理解＝電車をはこぶ（仕組み）となる。今までの概念が軽くひっくり返されるような面白さ。

それがあまり理屈っぽくなっていないのは、「電車の」「電車を」という繰り返しがあるからかもしれない。この繰り返しは、ガタンゴトンとでもいうような電車の音に重なってくる。

まるで海、ただ果てしなく広がってときどき白い骨を見つける

これは、モンゴルを旅したときの歌。

「まるで海、」と、初句のあとに読点を入れたところに、息を呑むような感じがある。「おおっ！」というような感動があったのだろう。意味上は「まるで海、ただ果てしなく広がって」と続くのかと思う。この後で一拍空けた方が、一首の意味は分かりやすい。

だが、「ただ果てしなく広がってときどき白い骨を見つける」とそのまま続けられている。すこし捻れているような文脈。そこで読者は読みを探ることになる。謎を解くような読みがもたらす不思議な味わいがそこに生じる。

果てしなく広がるモンゴルの大地を「僕」は行く。そこでときどき目にした白い骨。死もまた当然のようにそこにあるのであった。大きなスケールのなかで自らの実感をもとに、生と死とがとらえなおされる。

2021/09/24

たうとつにわれは来たりて座りゐる天神中央公園の石椅子

恒成美代子『而して』（角川書店、二〇二一年）

作者は、福岡市在住。天神中央公園は、よく行く散歩コースなのかもしれない。それにしても、「たうとつにわれは来たりて座りゐる」とは。公園の石椅子に座っている自らを見いだして呆然としているようである。「たうとつにわれは来たりて」の、足が勝手に動いてここまで連れてこられたといった感じ。自分でも思いもしなかったことをしているのである。〝物狂い〟は、能の舞台の虚構ではない。

けふわれはあなたを忘るるために来ぬ歩いて歩いて筑紫野の野に
散歩といひウォーキングと呼び　けふわれは徘徊してゐる咎めたまふな

歩いて歩いて、「散歩」と言ったり「ウォーキング」と呼んだりしているけれど、わたしは徘徊していると言う。そして、何のためにそんなに歩くのかと言えば、「あなたを忘るるため」である。「あなた」とは、一年間の闘病の末に亡くなった夫。

帰りたい、家で死にたいという本人の願いにより、二〇二〇年一月九日に退院。その時、余命一週間の宣告をうけていたという。退院から十日後の一月十九日に死去。膵臓癌であった。

愛する者の死に、ただただ歩かずにはいられない。「あなたを忘るるために」歩きはじめたものの、忘れることなどできない。だから、「歩いて歩いて」となる。「徘徊」のような有り様になる。

足許にほつほつ笑まふタマスダレ秋の光は慈愛のやうね

秋霖にしとど濡れをり上を向き淡き花咲く段戸襤褸菊

どうしても歩みは俯きがちになる。タマスダレや段戸襤褸菊のような、地にひくく咲く花が目に入ってくる。でも、それは笑まうように咲いているのであり、雨に濡れても上を向いて咲いているのである。そのような花々の励ましに遇いながら歩きつづける。

妻といふ在り処消え失せ而して博多の端に生きねばならぬ

ふはふはと夜を出で来し現し身はいづこへ行けば納得するや

夫の死によって消え失せてしまった「妻といふ在り処」。寄辺のなさが歩かせるけれど、どこへ行っても納得できるようなところはないのだった。

2021/09/27

家事をせぬ安穏の岸辺あるきつつ吹っ切れた母の妙な明るさ

松平盟子（「短歌往来」二〇二一年一〇月号）

「海馬の秋」三十三首より。

年をとって、身の衰えを感じながら、家事をこなすのは大変なことだ。生きるためには食べなければならないが、今日なにを食べるかを考え、材料をととのえ、料理をする。それだけでも大変なことで、だんだん面倒になり、いい加減にもなる。栄養不足に陥り、体調を崩すことにもつながる。だんだんと誰かが代わりにやってくれるならやってほしいと思うようになる。

ずっと家で暮らすと言っていた母が施設に入ったのは、自分ひとりで家事をこなすことに限界がきていたのかもしれない。

施設に入って家事から解放された母。「家事をせぬ安穏の岸辺あるきつつ」と表現されている。「岸辺」とあるのは、母が此岸の縁（へり）にいることを意識しているのだろう。

娘は母を「吹っ切れた」と感じ、その明るさを「妙な明るさ」と言っているところをみると、少し戸惑っているようでもある。

海馬から言の葉落ちるなりゆきに負けず嫌いの母はうろたう
だめなの、ここ、と母はじぶんの額さすそのうらに海馬いっとう潜むを今までになかった母の出現。それは、娘にとっては母の呪縛から解き放ってくれるものだった。

母の呪縛いちにちいちにち過去となる身めぐりの秋うつくしくすずし
ははそはの母のカオスの重力にあえなくゆれし葦なりしこと
母をおそれぬ母をにくまぬ境界へ一歩差し入りたしかむ影を

「母のカオスの重力」と言うほどに、母の存在は娘にとって大きかったようだ。その前では、か弱い葦のように揺れ、母を怖れ、時には母を憎んでもきた。それが今は、日に日に過去になってゆく。今や、母を怖れることも憎むこともない。そういう境地にようやく至ったのである。長かった母と娘との葛藤の終わり。身めぐりの秋を美しく涼しく感じられるのもそこから来ている。

2021/09/29

虹の余光身に浴びながら雫するタワービル群　夏の林よ

佐伯裕子（「短歌研究」二〇二一年一〇月号）

「立ちても居ても」五十首より。

雨上がりの都市。空には虹が出ている。まだ大気は充分に湿りけを含んでいる。その虹の余光を浴びながら雫をしたたらせているタワービル群。無機質な高層ビルの林立が、いつもとは違って見える。

この歌の前には次のような歌がある。

大空に溶けてゆくビル、タワービルみんな一つに蕩けてゆけり
人として皮膚一枚にくるまれる私　そうそう溶けてゆけない
だらしなく輪郭ゆるむ虹だけど夕べの空に浮かぶ嬉しさ

雨上がりの湿度の高い空気の中では、都市のビル群も霞んで大空に溶けてゆくようだ。どのビルもみんな一つに蕩けてゆく。「溶けてゆく」から「蕩けてゆく」へ。輪郭をうしない、もはや一つ一つを区別することもできなくなり、空に同化してゆく。

そして、「人として皮膚一枚にくるまれる私」は、「だらしなく輪郭ゆるむ虹」と同様のことが自分の身にも起こっていることを自覚している。いつまでも若いままというわけにはいかない。受け入れがたいことも受け入れざるを得ない。時の過ぎゆきは残酷である。だが、「そうそう溶けてゆけない」に表されている覚悟。それは「夕べの空に浮かぶ嬉しさ」に転じてゆく力でもある。それにしても、「嬉しさ」とは！

虹の余光身に浴びながら雫するタワービル群　夏の林よ

ここにあるのは、空に溶けてゆく、蕩けてゆくと見えていたタワービル群ではない。虹の余光を身に浴び、かがやく雫に満ちたタワービル群である。そこに「そうそう溶けてゆけない」と言う「私」が重なる。

結句の「夏の林よ」の力強さ。それは、雫するタワービル群の美しさに対する感嘆であるとともに、自身へのエールでもあるのだろう。

余光のなかに立つ姿は、あるがままを受け入れてしっとりと美しい。「立ちても居ても」五十首の、掉尾を飾る一首である。

2021/10/01

ここもまた沖縄北部保護の手は政治の手にて折らるるごとく

佐藤よしみ（「帆・HAN」二九号、二〇二一年九月）

どうやら辺野古は含まれなかったのだろう。本島北部（ヤンバル）・奄美大島・徳之島・西表島が、ユネスコの世界自然遺産に登録されたが、「ここもまた」とあるのは、辺野古のことである。

作者は、世界自然遺産登録の件が報じられたときに、「本島北部」とはどの辺りまでを言うのだろうという単純な疑問が心の中に生まれたという。きっと政府は辺野古（辺野古の海）はそこには含まれないという理由をいかようにも述べ、埋め立てを正当化するだろうと懸念したのでもある。それが「保護の手は政治の手にて折らるるごとく」という表現になっている。

「保護の手」と「政治の手」は異なる。むしろ「政治の手」が「保護の手」となって、辺野古の海を護っていかなければならないはずなのに。

あろうことか、沖縄戦による遺骨を含む本島南部の土を埋め立てに使うと言うのだから、どこまで「保護の手」を折れば気が済むのだろうか。

「喘ぐ」三十首より。

夏至南風（カーチベー）吹き惑いつつ沖をゆく喘ぐものらの棲むあのあたり

喘ぎつつ土砂押し返す波が立つ辺野古の海の溟きたそがれ
ヤンバルの森の恵みが絶たれいる喘ぎか遠く海の哭くおと

夏至南風（カーチベー）には、「沖縄で梅雨明けの頃に吹く南風」と註がある。喘ぐものたちの棲むところであれば、夏至南風も吹き惑う。「あのあたり」と、とおく沖を思うとき、「沖」は沖縄のことでもあり、作者は離れたところから沖縄に心を寄せているのである。

喘ぎは、辺野古の海から。それは、ヤンバルの森の恵みがもたらしたはずの海である。今、そこに行くことはできないけれど、自分の身に引きつけて、埋め立ての「土砂押し返す波」を思い、「海の哭くおと」を聴く。他人事ではないという強い思い。

作者は、横須賀市在住。

基地の街の住人であることがよりいっそう、沖縄に、辺野古の海に、と向かわせているのかもしれない。

2021/10/04

一つづつ言葉喪ひゆく日々の高きにありて向日葵三輪

内藤　明（「短歌」二〇二一年一〇月号）

「遠い夏の記憶」二十八首より。

人とも会わず、会議や授業もリモートでということが日常的になり、自分の中の言葉が少しずつ喪われてゆくように感じられる日々。

そういう日々の中にあって、健気に咲いている向日葵三輪。

「一つづつ言葉喪ひゆく日々の高きにありて」と繋いだ、助詞「の」の働きに注目させられる。

〝一つずつ言葉を喪ってゆく日々の高いところにあって〟と、コロナ禍の日常から視線を上げさせる位置が意識されている。

向日葵の丈の高さなど、たかが知れている。にもかかわらず、それを「高き」と感じるほどに私たちは身を縮めて日々を送っているのかもしれない。

そして、その「高き」に花を咲かせている向日葵。どう見ても立派に見えてくる。人間が一つずつ言葉を喪ってゆくような日々に、向日葵はよくやっている。輝くような花の色にしても、とても敵わない。

コロナ禍の日常に身を縮めながら仰ぎみる向日葵三輪は、作者にとって励ましになっただろうか。それとも、いよいよ身を縮ませることになっただろうか。

過ぎぬれば忘れられゆく終末を幾たび越えて終末に立つ
底知れぬキャピタリズムの渦潮に朱塗りの椀はくるくる廻る
溜息が怒りとなりてゆふぐれの歩道橋より見るみぎひだり

現在がいかなる状況にあるのか。はるかに人類の歴史を振り返る。かなりのところまでいった文明にも終末が訪れ、やがていかにしてそれが訪れたかも忘れ去られ、同じようにまた文明は築かれ滅び去る。そうした繰り返しの先に今、私たちが立たされている此処は「終末」ではないのか。あるいは、底知れぬキャピタリズム（資本主義）の渦潮にくるくる廻っている朱塗りの椀というのが、私たちが置かれている状況なのではないか。

鬱々としたものは、やがて怒りとなる。

怒る力が残っているのは、救いである。みぎ、ひだりと見渡しながら、これから進むべき方向を見いだせるかもしれない。

2021/10/06

ミドリ安全帯電防止防寒着「男の冬に！」の袋を破る

奥村知世『工場』（書肆侃侃房、二〇二一年）

一首の上の句は、防寒着の名前。「ミドリ安全帯電防止防寒着」とは、なんだかとても物々しい。作者の職場は、事故の危険にさらされ、冬には防寒の必要もあるようなところであるらしい。さて、これから新しい防寒着をおろして現場に向かおうという場面。破ろうとする防寒着の袋には「男の冬に！」と書かれている。女が着ることは想定されていない防寒着のようだ。

女性であっても、男性用に作られた作業着や防寒着を身につけるしかないのが、作者の職場である。長く〈男の職場〉とされてきたようなところで女性が働くときにぶつかる大小さまざまな壁を思わないわけにはいかない。

カタカナと漢字で名詞が並んだ後に、袋に書かれていた文字の「男の冬に！」が来て、「袋を破る」という結句。動詞は、この「破る」だけ。作者の動作である結句が、かなり強く響くことになる。

単に新しい防寒着をおろして着る、というだけではなく、置かれている状況を打ち破る、というような響きもあるような。抑えていたものが、「破る」のなかに小爆発を見せているようでもある。こんな歌もあった。「実験室の壁にこぶしの跡があり悔しい時にそっと重ねる」。

軍手にはピンクと黄色と青があり女性の数だけ置かれるピンク

この歌を見ると、作者の他にも女性は何人かいるようだ。作業着や防寒着と違って、軍手は女性用が用意されている。だが、女性用とはピンクの軍手らしい。

配慮されているようで、そこにもある男女差の意識。女性はピンクという概念はどこから来ているのか分からないが、人々の考えが既成概念から出るのはなかなか難しい。そういう環境の中で働いている。

3Lのズボンの裾をまるめ上げマタニティー用作業着とする

妊娠しても妊婦用の作業着があるわけではない。それならば、3Lのズボンの裾をまるめ上げることでマタニティー用作業着としてしまう。〈男の職場〉とされてきたところで働く女性の逞しさは、こういうところにも現れている。

置かれている状況を、そこで自分がどのように働いているかをうたってみせる。唾を飛ばすようにして作者が何かを主張しているわけではない。だが、歌を読めば、作者がそこで考えていることを感じとることができる。そうした歌のちから。それは、女性の働く場を切り開いている力とも繋がっているのかもしれない。

2021/10/08

よく聞いて応へて詫びて赦されてさういふものになつてしまつた

和嶋勝利『うたとり』（本阿弥書店、二〇一九年）

「聞く」「応へる」「詫びる」「赦される」「なる」、一首の中に動詞が五つも。「さういふものになつてしまつた」の下地には、宮沢賢治の「サウイフモノニワタシハナリタイ」がある。

となれば、「よく聞いて応へて詫びて赦されて」と動詞がつづくのも、「東ニ病気ノコドモアレバ行ッテ看病シテヤリ　西ニツカレタ母アレバ行ッテソノ稲ノ束ヲ負ヒ　南ニ死ニサウナ人アレバ行ッテコハガラナクテモイイトイヒ」と続く、賢治の「雨ニモ負ケズ」が下地になっているのである。動きが終止することなく、どこまでも続いてゆく。

作者は、証券会社に勤務。

あるとき、「お客さま相談室」への異動の辞令が出た。そこでの業務のほとんどがクレーム処理だという。「よく聞いて応へて詫びて赦されて」という日々の始まりであった。

紛争に分け入り分け入り手繰りたる蛇のやうなる落としどころを
謝罪ならいらぬとなれば出る幕もなく出るとこに出ることとなる
ひややかに調査かさねてひたすらに秘すべき秋や〈秋〉は〈秘〉に似る

なかなか大変な業務のようだ。嫌な役割でもある。

時には「蛇のやうなる落としどころ」に落ち着かせ、時には訴訟になることもあり、時にはマル秘扱いにしなければならない調査結果もあり……。

内容はかなり深刻だが、歌はどこか余裕がある。

「分け入り分け入り手繰りたる蛇のやうなる」という比喩の面白さ。真実は藪の中、といった感じだ。

「出る幕もなく出るとこに出ることとなる」と、三回繰り返された「出る」は、そうとう怒っている感じ。怒っているけれど、執拗に繰り返された「出る」には遊びもある。

「ひややかに」「ひたすらに」「秘すべき」と、「ひ」音を重ね、「秘すべき秋」から〈秋〉と〈秘〉の文字の類似性へ。この歌もかなり遊んでいる。

こんなんでも表現しないことにはやってられませんわ、といったところか。

ユーモアに転じてゆくときの、状況の客観視と批評性。

「さういふものになつてしまつた」と言うのは、ぼやきのようだが、覚悟を決めて仕事に励んでいるのである。


〝うたとり〟は美しい声の鳥にあらず報告さるる疑はしい取引

2021/10/11

お互ひに聞かぬ言はぬの距離ながら白露の萩に解けてゐたり

中西敏子『呼子（よびこ）』（ながらみ書房、二〇二一年）

「お互ひに聞かぬ言はぬの距離」とは、近頃よく言われているソーシャルディスタンスとは別の、人と人との距離感を言っている。

お互いに、相手の生活や内面に深入りしすぎない人間関係。気になることがあっても、相手が言わないのであれば無理に聞こうとはしない。こちらのことも何でもかんでも言ってしまうということはしない。

気持ちの通じ合うところがあって、やんわりとお互いのことを思いやっているからこそ、程良い距離感が保たれている。

一緒に花を眺めても、ほうっと気持ちが解けているような時間をもつことができるのもそのせいである。

「白露の萩に（はくろのはぎに）」と、「は」音を重ねたところに生まれている気持ちの良いリズム。それはまた、花を眺めている二人が感じている気持ちの良さでもある。

白露は、二十四節季の一つで、秋分前の十五日をいう。太陽暦では九月七日頃に当たり、秋の気配が漂いはじめる頃。朝のうちであれば、実際に露にぬれた萩の花を見ることができるだろう。

「お互ひに聞かぬ言はぬの距離ながら」、この「ながら」の働き。「……ではあるけれど」と逆説的に続けた先に、二人で共有した豊かな時間がそっと差し出される。実に心憎い表現だ。二人の間には、他の人とではこうはいかないという繋がりがあるように思われる。

貶める人と庇ひてくるるひと夢の中にてこゑなく泣きぬ
やさしさの形いろいろ慰める叱る見守るひかりあまねく

「貶める」は、「おとしめる」。
身のまわりには、いろいろな人がいる。そして、「やさしさの形」もいろいろである。

お互ひに聞かぬ言はぬの距離ながら白露の萩に解けてゐたり

あらためて、こういう人が一人でも傍にいてくれたなら、どんなことがあっても前を向いて歩いていけそうな気がする。

2021/10/13

長男の妻と続柄書き添へぬ主たる介護者わが名の脇に

朝比奈美子『黐の木』（飯塚書店、二〇二〇年）

詠いだしの「長男の妻」に付けられた傍点が目を引く。

介護関連の書類に記入しているところのようだ。主たる介護者の欄に書かれた作者の名前の脇に、続柄として「長男の妻」と書き添えたという。

書き添えながら感じている、なにか抵抗感のようなもの。それが、付けられた傍点に現れている。「長男の妻」、つまりは「嫁」ということだ。長らく続いてきた家族制度のなかでは、親の介護は嫁がするものと当然のように見なされていたところがある。昭和から平成、平成から令和へと時代が変わっても、そう簡単には人々の考えは変わらない。

親の介護に関しての、「長男の妻」にかけられる期待。それは、当事者間のみならず、周囲からの期待であったり、世間の期待であったりする。そういう目を意識内に収めながら書類に記入する苦しさ。

主たる介護者となることを拒否しているのではない。当然のように期待されていることへの居心地の悪さ、ということなのかもしれない。

要介護4の身なれど自宅にて看取つてほしいとあなたは泣けり

じゃんけんでグーを出すときてのひらはみえざる軸の硬きをつかむ

この一首の前後に置かれている歌。

その人は自宅で看取ってほしいと泣くのである。そして、その時の主たる介護者が「長男の妻」ということになる。長男、あるいは他の子どもに、とはならない。泣いて訴える「あなた」を受け容れるしかない。

後の歌は、じゃんけんのグー、拳の歌だ。ぐっと握った手のひら。その手のひらが摑むことになった見えない軸を、その軸の硬いことを思う。それは作者にとって了解しきれないものだったのかもしれない。一時的にも堪えるしかないことをじゃんけんで引き当ててしまったようでもあったか。

そして、その先にあったこと……。

老いははは施設に入りてわれの手にひとつしづけく鍵託されぬ
百歳にちかきひと日を生くる姑ときに両手を空にひろげて

施設に入った人から託された鍵も、百歳に近い人が空にひろげている両手も、なんとも切ない。

「みえざる軸の硬き」とは、あるいはこのことであったか。

2021/10/15

受け入れてゆくべき日暮れ誰もゐない椅子があたたかかつたそのこと

西巻　真『ダスビダーニャ』（明眸社、二〇二一年）

ちょっと分かりにくい歌だが、なぜか心惹かれる。

「受け入れてゆくべき日暮れ」で切れて、「誰もゐない椅子があたたかかつたそのこと」と名詞で止まっている。

一日が終わろうとする日暮れに「受け入れてゆくべき」と思っているのかと初めは読んだのだが、日暮れを、そして、誰もゐない椅子があたたかかったそのことを「受け入れてゆくべき」と思っているのかもしれない。「日暮れ」自体に特別の意味合いがあり、あるいは作者のなかに「あの日の日暮れ」と特定される日暮れがあるのかもしれない。

誰もいない椅子があたたかかったのは、今までそこに座っていた人がいたからだ。

だが、今はいない。温もりだけが残されて、いたはずの人は失われてしまった。もう戻ってくることはないのだろう。

「誰もゐない椅子があたたかかつたこと」ではなく、「誰もゐない椅子があたたかかつたそのこと」と表現されていること。

七・七の音数に合わせるということもあったかもしれないが、前に述べたことを抱え直すような「そのこと」からは、溜息が聞こえてきそうだ。椅子に残された温もりを愛おしく手のひらでなぞる姿も見えてきそうである。

さらに、「あたたかかつた」という、「た」と「か」が重なるひらがな表記と促音の響き。失(な)くしたものを求めて泣きじゃくっているようにさえ思われてくる。

その日暮れの出来事は、すぐには受け入れがたいことだったにちがいない。けれども、時が経って「受け入れてゆくべき」と思うことのできる日がようやく来た。

人は確かに傍にいたのである。今は失われてしまったとしても、あたたかくそこに存在していた「そのこと」。その記憶は、身の内を今もあたたかくするのではないだろうか。

丘に誰もゐないしづけさ名を呼べばこゑがとほくへ消えてゆくこと
斜線のみになりたる戸籍謄本のひとすみに我の名は残れり
母が抜け父が抜け祖母が抜けた家わたしが抜けてつひになくなる

2021/10/18

山居にて一人遊びす股旅酒、山椒の擂りこ木、元の証拠干し

王　紅花（『夏暦』五十四号、二〇二一年一〇月）

「山菜の天ぷら」三十首より。

山荘で過ごす一人の時間。マタタビの果実酒を作ったり、山椒のすりこぎを使って料理を作ったり、摘んできたゲンノショウコを干したり。

時間はたっぷりあり、一人遊びするには周囲にいろいろなものがあって事欠かない。

そして、歌にするとき、もう一つの遊びが。

マタタビは漢字で書けば、「木天蓼」。それを「股旅」と書く。

マタタビは名の由来に食べるとまた旅ができるからとする俗説もあるようだが、「股旅」とくれば〝合羽からげて三度笠〟ではないか。博徒（ばくと）・遊び人が旅をして歩くにしても、芸者が旅かせぎして歩くにしても、なんだか浮き世離れしていて楽しくなる。猫をお供に颯爽と風を切って行く日もありそうな。

山椒は芽も実も香りや辛味を楽しませてくれるが、その材もすりこぎにして使う。擂るのはとろろか、胡麻か、近くで採れた胡桃か。すり鉢に当たる感触や香りや粘りも、一人遊びを豊かなものにしてくれたことだろう。

すりこぎは漢字で書けば、「擂粉木」「摺子木」。それを「擂りこ木」と書く。

「擂りこ」の木。ひらがなが入ることで、なんだか可愛い。可愛いと思って油断していると、雷も潜んでいる。〝小粒でもぴりりと辛い〟のは実のほうだが、すりこぎになっても嘗めてはいけない。

ゲンノショウコは、「現の証拠」「験の証拠」。服用後ただちに薬効が現れるところからこの名がある薬草だ。茎や葉を干して乾燥させ、煎じて下痢止めや胃腸薬にする。（そう言えば、マタタビや山椒にも薬効がある。）

「験の証拠」と書かれると、いかにも霊験あらたかな感じがする。山伏が持ち歩いて、各地に薬として配っていても不思議ではない。

ここでは、「元の証拠」と書いている。元気の証拠だろうか。何事かがあって、その元にある証拠を摑む、などということもあろうか。

言葉の遊びに時間を忘れる。

この一人の時間は、二人でいた時間があった後の時間ではあるのだけど。

きみが痕跡（あと）一つづつ消ゆ書棚から落ちし落書き先ほど捨てつ
朦朧としたる目覚めに人語聞く　あれ、ここは何処　人語が聞こゆ

「消ゆ」「聞こゆ」、いずれも自分が意図したことではなく、消えるのであり、聞こえるのである。

きみの痕跡が一つずつ消えてしまうのを恐れながら、自分でも捨てるようなことをしている。そのことに気づいたときの作者の思いを想像すると言葉がない。

2021/10/20

問はればくちごもりながらも言ふだらう　はじまりは土、土と草むら

日高堯子『水衣集』（砂子屋書房、二〇二一年）

誰かに問われることがあれば、口ごもりながらも言うだろう。「はじまりは土、土と草むら」と。問われなければ、自分からわざわざ言うことはない。でも、問われれば、口ごもりながらも言う。「くちごもりながらも」の中にある、躊躇（ためら）いとその逆の〝それでも言う〟という強さ。積極的に公言しようというのではないが、作者の中には確信のようにその答えはあるのだ。

「はじまり」、それは自らの原点。人生のはじまりであり、自らの表現の核をなすものである。作者は、それを「土」と言い、「土と草むら」と言う。

自らが生まれ育った土地と風土。それは、そこから離れてその後の人生の営みがあったにしても、分かちがたくその人とともにある。そのことを全面的に肯定しているのでもあろう。

樟わか葉椎わか葉輝るみなづきの上総はわれを生みたる土地（とこ）ろ

「輝る」の読みは「てる」。この歌は、自らの生まれを詠っている。六月の上総生まれ。房総半島の六月は、照葉樹の若葉でもっこもっこと盛り上がる。樟の若葉に椎の若葉。照葉樹と言うくらいだから、若葉の輝きたるや眩しいほどだ。そういう生命力に満ちた季節に生まれた作者。

いや、六月の上総が作者を生んだのである。そのように作者は感じとっている。この土、土と草むらの中から生まれ出た命。太々とした命の息づき。

両親の介護のために、都市にある自宅と里山にある生家とを頻繁に往復してきて、両親の亡くなった今は、月の三分の一ほどを里山で暮らしているという。空き家になった家の管理というだけではなく、そこでの日々を「樹や草や風とともに在る心地よさに身体が反応してしまう」とあとがきに書いている。

さらに、あとがきは「そこで日々発見する草木のみずみずしさやまがまがしさが、これまでの風景の記憶や想念などを呼び起こすことになり、歳を重ねた今のわたしにはそうしたことが何より大切に思えてきました。」と続く。

草木のみずみずしさを言うだけでなく、まがまがしさを言うところ、この作者らしいと思われた。美しいところも、そうでないところも、丸ごと受け容れ、それが思索へと豊かに繋がっているのである。

2021/10/22

汗ばんで額に張り付く前髪を陽の差す中ではらってくれる

立花　開（はるき）『ひかりを渡る舟』（角川書店、二〇二一年）

和泉式部の歌「黒髪の乱れもしらずうち伏せばまづ掻きやりし人ぞ恋しき」を並べてみたくなった。

黒髪の乱れと、「まづ掻きやりし人」の恋しさと。黒髪のなかにたっぷりとエロスが仕込まれている式部の歌。薄闇の中で身もだえする女の姿が見えてくるようだ。

それに対して、現代のこの一首は、陽の差す中での出来事。

汗ばんで額に張り付く前髪をはらってくれるのである。汗で前髪が額に張り付いているなんて、幼さの残る感じだ。その前髪をはらってくれたのは、少し大人の彼のような気がする。

彼に会うために走ってでも来たのだろうか、汗ばんで額に前髪が張り付いていたのは。それをはらってくれる人の仕草に、おそらく彼女はキュンとしたのだろうな。

現代の恋にも女の髪が大事な役割を果たしているが、平安時代のそれとは当然のことながらかなり異なる。

唇は強い力じゃ開かれずやさしすぎても苦しいと知る
こころの場所問うとき君は全身と答えて触れてくれるこの肩に

キスをして、身体に触れて。恋は少しずつ深みにはまってゆくようだ。触れられることで、幻想だったものが確かなボディをもつ。実体化してゆく。身体で確認し、こころで確認する。身体を確認し、こころを確認する。「こころの場所」は全身にあるのだから。

あの世から桜眺めるこころあり幾千もあり春は翳りぬ
君の手が君の死後にも灯となるから触れるやわく絡ませ
生き継いできたのに。今日の我が影もあなたの死後の冷感がある

生を謳歌しているように見えながら、すでに人の死を知っているようだ。「あなた」と呼ぶ人の死後を生きている「我」。「君」と呼ぶ人にも死がいつか来るということも知っている。なればこそ、やわく絡ませ君の手に触れるのだろう。

今、生きているということがこの上なく大切なものとして意識される。

ここに至って、平安時代の和泉式部とどこが違うと言うのだ。そんなふうに思われてきた。

2021/10/25

訳もなく靴ひもを固く結ぶとき何を絞め殺したんだ僕は

三田三郎『鬼と踊る』（左右社、二〇二一年）

靴紐を固く結んだときに、同時に何かを絞め殺したように感じた。その何かとは、と自らに問いかけている。

自分でも明確に〝これ〟と言うことはできないのだが、それでも何かを絞め殺したような感触はリアルだったにちがいない。

ギュッと靴紐を結んだ後どうするのかと言えば、そこから歩み出すのだろう。靴紐を固く結ぶことで、これまでを思い切り、過去にした。出発に際しては、思い切らなくてはならないものがある。だとするならば、絞め殺したのは〝これまで〟、〝今までの自分〟であったのかもしれない。

「訳もなく靴ひもを固く結ぶとき」と言っているが、ほんとうは固く結ぶ訳を知っていたのではないかと思われる。ただ自分ではまだ意識できていないだけで、無意識の領域ではちゃんと自分で分かっている。そんな気がする。

「絞め殺した」などと言われると不穏な空気が漂うが、新たな旅立ちのための通過儀礼のようなものだったかもしれない。

筆箱にお守りとして入れてある五年経っても現役の殺意

この歌、「五年経っても現役の殺意」とは物騒な。

物騒な感じではあるが、それは筆箱に入れてある「お守り」だという。殺意がそのまま実行に移されることはない。凝り固まった負の感情が、「お守り」のように生きる支えになることもあるだろう。

それにしても「五年経っても現役の殺意」だなんて、ある意味では健全かもしれない。しぶとく〝いつか殺してやる〟と思い続けているのだから。（そう言えば、むかし読んだマンガで〝いつか殺してやる〟と主人公がときどき呟くというのがあったが、あれは何だったたっけ？）

それは、やっつけるべき対象をもって励んでいるということなのだろう。筆箱に入れてある「お守り」ということからも、こちらが学んで力をつけることで相手を倒せそうな気がする。

気を付けろ俺は真顔のふりをしてマスクの下で笑っているぞ
行儀よく座る男の膝の上に拳という鈍器が置いてある

見かけと中身は違うぞとすごんで見せられながらも、行儀のよさの方があとに残った。

2021/10/27

後ろ手に髪をくくれり夜の更けを起きて詩を書くならず者にて

山木礼子『太陽の横』（短歌研究社、二〇二一年）

「後ろ手に髪をくくれり」と、きっぱり二句で切った、作者の〈ならず者〉宣言である。無造作に後ろに髪をくくった夜更け、さてこれから何をするのかと言えば、〈ならず者〉になって詩を書くのだ。

二人の男児を子育て中の作者。出産にも育児にも、東京大学文学部卒の学歴など何の役にも立たず、ひたすら子育てと家事に追われている毎日。職場もしだいに遠のいて、「届きたる長い手紙はうつすらと仕事やめよと読みうるやうな」という歌もある。

実際に子育ては格闘で、自分ひとりの時間を持つことなどできない。周囲からは無言のうちに〈良妻賢母〉を期待されている。

今もなお、女性にとって結婚・出産・育児は、それまでの人生をひっくり返されるような出来事だ。そこをなんとか踏みとどまって、自分のしたいことをしようとするなら〈ならず者〉にでもなるしかない。

作者の〈ならず者〉宣言の背景には、かなりの煩悶とその末の覚悟があったはずだ。

ひとりとは自由の謂だバーガーの包み紙ふかく顔をうづめて

地下鉄でレーズンパンを食べてゐる茶髪の母だついてきなさい
だれからも疎まれながら深々と孤独でゐたい　月曜のやうに

自由と孤独を求める、ひりひりとした感情。それでも、子育てを投げ出すのではない。地下鉄でレーズンパンを食べる茶髪の母は、獅子奮迅の姿であるが、「ついてきなさい」と頼もしい。

口紅とたばこのいづれ長からむ宵の川辺をどこまで歩く
婚や子に埋もれるまへの草はらでどんな話をしてたんだつけ

口紅もたばこも手放さない。結婚や育児に追われる以前に大切にしていたものを思い起こし、断絶されたかのようだった時間を自らのなかに呼び戻す。結婚も育児もどうってことないよと言えるのかどうかは分からないが、それに左右されずに貫くものを手にする。その先に開ける道は、もう見えているようだ。

価値観のことなる風がぴうと吹く　レモンの月に見下ろされつつ
このつぎに産むなら文字を産みたいわ可愛いばかりのすゑつこの「雪」

2021/10/29

燃えながら生きている肺こころよりからだはあかるく火照りつづける

塚田千束（「短歌研究」二〇二一年一〇月号）

「すきとおる白衣」三十首より。

作者は、旭川市在住の医師。医療現場にあって、患者のからだを診ている。「燃えながら生きている」というのは、肺の活発な動きを表している。ウイルスに対する肺の必死の抵抗か。そこに感情の入り込む隙はなく、肺はひたすら働いている。

生き物のからだは、そういうふうにできている。

こころが折れそうになったり、くじけそうになったりする状況であっても、からだは命を維持するために動きつづける。そこに見る「からだの明るさ」。

「こころ」と「からだ」を並べて見るとき、とかく「こころ」の方が上位に見られがちだが、意識するしないに関わらず、「からだ」は純粋に、生きるための活動をしつづけている。

当たり前のことだが、目が開かれる思いがした。医療現場にいて、普段から生物としての人間を診ている人だからこそ、からだが「あかるく火照りつづける」のが見えているのだろう。

家出するように体を脱ぎ捨てて母も娘も妻も飽きたね

この歌の「体」は、容れ物のように捉えられている。

母親である「わたし」、娘である「わたし」、妻である「わたし」、そういう顔をもった体を脱ぎ捨てたいと言う。「母も娘も妻も飽きたね」という表現は、どことなく作者が師と仰ぐ島田修三調だと思われたけれど。


母でも娘でも妻でもない「わたし」。役割から離れたところで、ただの一人の人間になれれば、もっと自由に、もっとのびやかに息ができるのかもしれない。気がつけば、いつの間にか、いろいろな役割を負わされて雁字搦めになっていたのだった。

体から脱出できずひからびるやどかりみたいな少女のこころ

一方では、こういう歌も。

「体」と「こころ」のアンバランス。不適合を起こし、ひからびてゆく「少女のこころ」。

こちらは、こころの病を抱えた患者なのかもしれない。

医師という専門性に鍛えられた目は、人間の「からだ」と「こころ」の問題にも見通しがきくようだ。

2021/11/01

ぺろんぺろん季節が顔を舐めあげて読み取っていく認証コード

高柳蕗子（「短歌」二〇二一年一一月号）

「雑詠＠お墓オマージュ傾向」十首より。

ぺろんぺろんと顔を舐めあげるのは、季節だという。

「ぺろんぺろん」というオノマトペに、大きな舌がひらめくのが見えるようだ。そして、次々と舐め上げられてゆく人々の顔も。

歌を読んだだけで、舐められた後の舌の感触がリアルに自分の顔にもあるようで、ぞわっとする。これはもう「千と千尋の神隠し」の世界だ。

季節は顔を舐めあげることで、その人の認証コードを読み取っている。そこでは、人間の存在は単なる情報である。

今や人間はすべて、このようにコンピューター・システムの中で管理されている。あなたの命を、あるいは、あなたの財産をお守りしているのです、などと笑顔で囁かれながら。

季節は移り変わる。その度に、ぺろんぺろんと舐めあげられ、更新された認証コードが読み取られていく。このシステムからもはや逃れることはできないのだとしたら、人間の未来はどんなものになっていくのだろう。

QRコードの微塵ふとゆらぐ　ほとけござるか　ござらんござらん

「QRコード」は広辞苑では、「二次元コードの方式の一種。商標名。」と出てくる。これでは、なんのことやら訳が分からない。

近頃は、テレビ画面の隅にも現れて、アナウンサーが「詳しくはQRコードを読み取って……」と言ったりしている。説明を省く、手抜きの手法なのか？「便利でしょ？」と言われながら、その便利さは誰のためのものなのか、分からなくなるときがある。

そもそも読み取るためには、スマホをかざす必要がある。今やスマホを持っていることが大前提である。スマホ無しには始まらない。誰もが水戸黄門の印籠のようにスマホをかざすのである。そうすることで世の中が成り立っている、ってホントですか？

この歌で、QRコードの微塵（細かい模様）がみせたゆらぎは、何のせいだろうか。見ている側の、めまい？　スマホ無しでは細かい模様にすぎないものの、いかがわしさ？

「ほとけござるか　ござらんござらん」と作者は言う。

ふと見回せば、どこもかしこもQRコードで溢れている。そういう世の中では神も仏もあるものか。デジタル化が加速しているように見えるその先に待っているのは何だろう。

半音ずつ低くなる空　空♭空♭空♭　これからいっぱい怖い目にあう

2021/11/03

病院を憎みて祖父は鮭のカマ大きを買いて帰りきて焼く

西藤　定『蓮池譜』（現代短歌社、二〇二一年）

病院を憎む祖父の行動である。

鮭のカマの大きいのを買って、帰ってきて、焼く。一首の中に、助詞の「て」が三つ。普通、こういうことは避けるべき、とされる。それを敢えてしている。

病気の祖父には食事制限があって、病院からはもっと淡泊なものを摂取するように言われているのだろう。だが、好きなものを食べて何が悪いと言わんばかりに、祖父は「鮭のカマ大きを買いて帰りきて焼く」。

鮭は鮭でも、わざわざカマの部分、それも大きいのを選んで買って、家に帰ってきて、自分で焼く。この行為の念入りな描写が、祖父の病院に対する強い抵抗ぶりを表している。

病院に対する、と言うよりも、あるいは病気に対する抵抗であったのかもしれないが。

くもり日の砂黒ければ海黒く十年ここに祖父と暮らせり

祖父と十年いっしょに暮らしている孫には、鮭を食べることに執着をみせる祖父の気持ちがよく分かるのである。

大伯母の津軽訛りよ祖父からは幾年かけて剝がれし雲母

がんに慣れがんに馴れずに吐く祖父へかたち無きまでなすを煮るのみ

鮭だけはみずからで買うこの人に肩を貸したらこう重いのに

アメリカにいってこいよと俺に言う　そのうちね、この鮭を焼いたら

津軽出身である祖父。津軽訛りの無くなっている祖父。癌を病んでいる祖父。長く病んで、癌に慣れても馴れずに、食べたものを吐いてしまう祖父。それでも、鮭だけは自分で買う祖父。アメリカに行ってこいよ、と孫を気遣いもする祖父。そして、そういう祖父に寄り添う「俺」。やがて、祖父は入院することになり、それから間もなく死んだ。

入院を決めてそれから早かった　すうっと父が見舞いに混ざる

鮭のことことさらに言う弔辞なり長女の長男の任なれば

入院後の祖父に対して、「すうっと父が見舞いに混ざる」という、祖父と父との距離感。祖父の葬儀に際し、「長女の長男の任」として、孫である「俺」が弔辞を読んだこと。やや入り組んだ家族関係が見えるようであった。

20214/11/05

ドアを閉め肩の力を抜いてからサンドバッグは眠りに落ちる

西堤啓子『あるがまま／スマイル』（青磁社、二〇二一年）

一方的にパンチを浴びつつけたサンドバッグ。

サンドバッグは、ドアを閉めて肩の力を抜いてから、ようやく眠りに落ちる。

人は誰でもサンドバッグになり得る。そして、サンドバッグにパンチを浴びせ続ける人にもなり得る。さらに、その二人が同じ家に暮らすということも起こり得る。不条理としか言い様がないが、不条理を引き受けて生きるしかない、という現実もある。

作者の場合、ウイルス性の脳炎にかかった夫は、一命はとりとめたものの、後遺症として高次脳機能障害が残った。一般的には人格障害として現れ、それに対する治療法は未だ確立されていないという。

「人格が変わることあり」とう後遺症見知らぬ人は日々成長す
暴言の後はけろりと吾がために本借り来ると言うアマガエル
アオサギがぐびりと魚を呑むようにまばたきをして人を呑み込む
イトウとうとぼけた顔の魚にて水底深くじっとしてみる
差し向かい話しかけても返事なく蟷螂（とうろう）のごとき咀嚼は続く

優しかった人、幸せだった二人の生活は、病によって失われ、日々「見知らぬ人」となっていく人との暮らし。それを思うと苦しくなる。

後遺症の現れ方は日によってさまざまで、時にはアマガエルにも蟷螂にもなる相手に、こちらも負けずにアオサギにもイトウにもなる。予想もつかないことだが、相手のあるがままを受け止め、なんとか少しでも穏やかな状態を保ちつつ一緒に暮らすことに心を砕く日々。

相手の変化やそれに対抗する自らを、アマガエルやアオサギにたとえて見るのも、一緒に暮らすための知恵であるのにちがいない。深刻さをユーモアに転じていく。

その表現にも目を瞠る。

「暴言の後はけろりと」アマガエル。この「けろり」から「アマガエル」に繋ぐ面白さ。「ぐびりと魚を呑むようにまばたきをして」というアオサギ、「とぼけた顔」で「水底深くじっとしてみる」というイトウ、無言のまま咀嚼を続ける蟷螂。それぞれの生態のリアルな描写がそのまま比喩に繋がる面白さ。

身のまわりのものをいつも興味深く観察している作者なのだろう。実に健康な眼差しだ。それは、不条理と思われる現実にもへこたれない力とどこかで繋がっていると思われる。

2021/11/08

おめでとうおめでとうって笑わないひとりの顔を目がすっと追う

竹中優子『輪をつくる』（角川書店、二〇二一年）

集まった人たちが一様に「おめでとう」と言って笑っている。その中で、一人だけ笑わないでいる人。その人の顔を目がすっと追う。

「目がすっと追う」という表現は、その人の意思とは関係なく、目だけが独立して動いたような印象である。「わたし」という者が、見るだけの存在になっている。

集団でいるときの人の行動。周囲に同調して、同じような行動をとる。そういう中で、一人だけ違う行動をとる人がいたとしたら、観察者の目に留まるだろう。その人がいったいどういう人なのか、どんな考えを持っている人なのか、気になる。「目がすっと追う」ことになる。

笑ってたひと俯いてイヤフォンを耳に差すとき表情はある

こちらの歌は、さっきまで笑っていた人がその後に見せた表情だ。

「俯いてイヤフォンを耳に差すとき」には、周囲にいる人の存在は消えて、ひとりの顔になる。そこに表情があると見ている作者。

では、笑っていたのは表情ではなかったのか。周囲に合わせて、笑っている顔をつくっていただけのことなのか。作っていた笑顔は、表情とは言えないのか。たぶん作者の答えは、表情とは言えない、なのだろう。

人と人とが、その関係性の中で見せる行動や表情に、敏感な作者であるようだ。人間関係で傷つくこともたくさん経験してきているのかもしれない。

教室にささやきは満ちクリップがこぼれてひかる冬の気配よ
目を伏せて歩く決まりがあるような朝をゆくひと女子の輪が見る
よく似てた、友達だった、似てるって言われて顔を歪めたあの子
女子が輪をつくる昇降口の先、花はひかりの弾薬庫として

教室にあった光景、学校で時々見かけた光景。その中の一員でありながら、馴染めずに眺めていたものが呼び起こされる。その時の私は、輪から除け者にされることを怖れつつ、どこかで輪をつくることを軽蔑していたような気もする。女子だけの輪は、花のように明るくて、弾薬庫のような残酷さも孕んでいたのだったか。

2021/11/10

ウィンドーに映る女の奥行きに鳥らしきもの少し歪んで

松本実穂『黒い光——二〇一五年パリ同時多発テロ事件・その後』（角川書店、二〇二〇年）

作者は、二〇〇二年にワインを学ぶために渡仏。リヨンで暮らし、二〇一二年より作歌をはじめ、カメラマンという顔も持つ。二〇一五年十一月十三日にパリで同時多発テロ事件が発生したときには、娘がパリにいてなかなか連絡が取れなかったという。この歌集は、十七年四ヶ月のフランス滞在を終えるのを機にまとめられ、写真集とも紛うような一冊になっている。

この一首は、右ページに一首だけで組まれている。

ウィンドーのガラスに映り込んだ女、その奥には鳥らしいものが少し歪んで……。まさに、カメラの目で捉えた歌である。結句は「少し歪んで」と言いさしになっている。お終いまで言い切らず、含みを持たせたかたちだ。

左ページに写真。

ウィンドーのガラス越しに、テーブルセッティングされたレストランの中が見える。そして、ガラスにはカメラを構えているらしき人の姿が大きく映り込んでいる。それは、たぶん作者なのだろう。だが、いくら眼を凝らしても、鳥らしいものは見えない。

歌と写真とは緩く関連し合いながらも、互いが互いの説明になることはない。それぞれに独立して楽しめる。他の歌と写真もそのような感じで一冊は出来上がっている。

さて、この一首にもういちど戻ろう。「ウィンドーに映る女の奥行きに鳥らしきもの少し歪んで」と、言葉になっているのはそれだけだが、その時のフランスの空気も映り込んでいるはずだ。パリ同時多発テロ事件後のフランスである。女は、そこにいた「わたし」だ。そして、少し歪んではいても、空に羽ばたく「鳥らしきもの」の存在には希望が託されているように思われる。

黙禱の後にニュースは戦闘機十機の空爆をたんたんと告ぐ
貼られゐるアフリカ地図に道のない道をなぞれり武器のゆく道
一本一本が戦死者といふ都合よき嘘を聞きつつ雛罌粟の中
十七歳からの入隊募集あぢさゐは首を伸ばして夏に枯れゆく
五時間を滞在許可証申請の移民の列にわが並びゐき

これらもすべて、パリ同時多発テロ事件後のフランスである。分断されることのない世界を願いながらも、それが単純には手に入らないことを現実の一つ一つが見せつけているようでもある。そして、現在のパリは……。パンデミックの終息が明らかにならない中で、次のオリンピックに向けて、たぶんもの凄い勢いで動いているのだろう。

2021/11/12

カーテンを束ねる指に蔦の影どこまで知ってよいものだろう

櫻井朋子『ねむりたりない』（書肆侃侃房、二〇二一年）

窓のカーテンを端に寄せて束ねる。その指に蔦の影がさす。朝なのだろうか。蔦の絡まるような建物の中で、蔦は外の世界のもので、その影に指は触れる。そこまでの上の句と「どこまで知ってよいものだろう」という下の句は、直接つながってはいないのかもしれない。窓のカーテンを開けた、蔦の影が指にさした。その時にふと浮かんだ想念であったか。

それにしても、「どこまで知ってよいものだろう」とは、意味深な言葉である。物事には踏み込んではいけない、知りたいと思いながらも、世の中には知らない方がいいことがある。物事には踏み込んではいけないらしい領域がある。けれども、知りたいという思いは続いている。そこに躊躇（ためら）いが生まれる。密やかな探究心と躊躇いを裡（うち）に秘め、窓辺にたたずむ人の姿。そこに蔦の影が伸びていくのが幻視されるようだ。

指先で曇った窓に描く舟の上にはただしく他人のふたり

この歌も、窓辺の歌である。

外の空気が冷えて、曇った窓ガラスに指で文字や絵を描くということはよくする。ここでは舟の絵が描かれ、その舟の上には人がふたり。

「指先で／曇った窓に／描く舟の／上にはただしく／他人のふたり」。五・七・五・七・七の韻律が、散文的に読んでしまえば冗長に流れてしまうところをうまく救っている。

特に、三句目から四句目にかけてのところ。「描く舟の」でちょっと息を継ぐように読むことで、下の句への弾みが生じる。また、四句を「上にはただしく」として、「ただしく他人のふたり」とストレートに繋がらないところも工夫されている。

舟の上のふたりは「ただしく他人」、他人であることは紛れようもない。ふたりの関係性を言いながら、こちらには躊躇いがないようだ。むしろ決然としている。

だが、本当のところはどうなんだろう。曇った窓ガラスに指先で絵を描く行為自体、感傷的な気分の成せる技であったように見えないこともない。

2021/11/15

屋上に来ればあなたはゆっくりと気付かぬほどの距離を持ちたり

沢田麻佐子『レンズ雲』（青磁社、二〇二一年）

文語が使われていながら、全体に柔らかく解（ほぐ）れているような文体。「屋上に」「来れば」「あなたは」「ゆっくりと」と、どれをとっても口語の方に馴染んでいる言葉なのであった。

下の句にきて、「気付かぬ」の「ぬ」が打消の助動詞、「持ちたり」の「たり」が完了の助動詞だが、それとて口語の中にはみでてきたくらいのソフトな感じ。

はじめから終わりまで静かなトーンの一首になっている。

歌の内容は、濃（こま）やかな心情が詠まれているようだ。

ふたりで屋上に来たら、あなたはゆっくりと気づかないほどの距離をとったという。「気付かぬほどの距離」とは、普通の人だったら気づかないくらいの、ごく僅かな距離という意味だが、「わたし」は「あなた」が僅かにとった距離に気づいてしまった。「あなた」が「わたし」からちょっとだけ離れたな、と。

それは、「あなた」にとっては自然な動作で、屋上に来て空にこころを放ちたくなったのかもしれない。少しだけ「個」に戻る時間。

おそらく「わたし」は、そういう「あなた」の気持ちも分かっているのだろう。それでも、「あなた」が「わたし」からちょっとだけ離れたと気づいてしまった寂しさを消すことはできない。どんなに仲が良くても、ひとりひとり別の存在であること。わかりきっていることなのに、それを改めて気づかされる瞬間。人がどうしようもなく寂しいと思う瞬間でもある。

そして、「距離」という言葉の持つ響き。「気付かぬほどの」であるにもかかわらず、「距離」となると、人それぞれの個別性が際立つような遠さを思わせる。それでいっそう寂しさが増す。

レンズ雲が山の真上にかかりおりそのまま暮れてゆかんとしたり

雲の影ぺらりと丘陵を走りゆくあのように死は訪れるのか

表情が見えているなら感情もあると思うよ空の雲には

美しく印象的な雲の歌がいくつもあった。

ひとりで、あるいはふたりで見た雲だったか。

「表情が」の歌は、「あなた」が言った言葉をそのまま書き留めたようでもある。

2021/11/17

生と死のうづうづまきてをりにけむ丸縁眼鏡の志功のなかに

花鳥（かとり）　佰（もも）『逃げる！』（短歌研究社、二〇二一年）

志功とは、版画家の棟方志功のこと。強度の近視（六十歳頃には左目を完全に失明していたと言われる）のため、分厚いレンズの丸縁眼鏡をかけて、自分より大きな板に這いつくばうようにして彫刻刀をふるっていた。

その志功のなかに、「生と死のうづうづまきてをりにけむ」と作者は想像する。生と死の渦が渦巻いていただろう、というのである。

「けむ」は過去推量の助動詞。「うづうづまきて」というひらがな表記は、やりたいことを抑えて我慢している落ち着かないさまをいう「うずうず」とも重なってくる。ぐるぐると抑えきれないほどのエネルギーが、身体の内に渦巻いている。創作に向かう志功の情熱。そこでは、生も死もあるものか。ただひたすら抑えきれないものの赴くままに彫るのである。

板と志功との真剣勝負。全てを賭けて、人間がなし得るかぎりのことをする。これで死んでもいい、というくらいの凄まじい生きの姿である。一瞬一瞬、実に濃い時間を生きていたことだろう。

小説を書くとは蛇になることぞ　川端康成の眼をおもふ

こちらは、川端康成。「眼」は「まなこ」と読む。映像や写真で見る川端康成のぎょろっとした眼。ぎょろっとしているだけでなく、妙にぬれぬれとしてもいたところは、蛇の目を思わせる。対象を執拗に見つづけ、いつか必ず小説に書く。川端康成の眼を思うと、まさに「小説を書くとは蛇になること」だと納得させられる。表現者の執念というか、業とでも言うのか。並の人間にはない、凄まじいところは、やはり魅力である。そういうものを持っている人を見るのは、人間の深淵を覗くようでもあり、怖いと思いながらもやはりじっと見つめずにはいられない。で、見つめた後にどうなるか。こちらの凡庸さが揺さぶられる。生きる姿勢を問われることにもなる。そういう刺激はときどき欲しい。

2021/11/19

人類がおよそ男女に分かれける前の入江の夜静かなり

大津仁昭『天使の課題』(角川書店、二〇二一年)

人類の歴史をさかのぼるような歌だ。
男女の性が未分化であった頃。受精から誕生までの胎内で起こることを思えば、人類にそういう頃があったのかもしれない。

「入江の夜静かなり」は、実際の入江というよりも、生命誕生の水辺を思わせる。ぽこりぽこりと泡が生まれるように生命の誕生があったならば、そこは静けさに満ちていたかもしれない。

人類はおよそ男女に分かれることで、何を得たのか。そして、何を失ったのか。そんなことを考えさせられもする。


春の夜の何の星座か下半身ひとに似て清らに精液こぼす

雲居から排卵されて庭満たすゆふぐれの色　少女ほしきを

春の星座で、下半身のありそうなものを考えてみた。北斗七星を含む〈おおぐま座〉、北極星を含む〈こぐま座〉、他には〈うしかい座〉や〈しし座〉が浮かんできた。

春の夜が、星座がこぼす清らかな精液で満たされる。

夕暮れには、雲居（遥かに高く遠いところ）から排卵がなされ、庭は「ゆふぐれの色」に満たされる。「ゆふぐれの色」、旧仮名遣いのひらがな表記が柔らかい。それは、たそがれへと移ろう茜色を思わせ、庭はひととき排卵を受け容れた子宮内のようである。

そのままそれが少女の胎内へと入り込んだとしたなら……。そして、そこに星座がこぼす清らかな精液がかかったとしたなら……。少女は処女懐胎をすることになるのだろうか。

宇宙のひろがり、大きな自然の営み。その中に性のことを置いて考えたときに、既成概念となってしまっているものを超えるものが生まれてくるのだろうか。男女の性をめぐり、生命の誕生をめぐり、そこから解き放たれたい思いもある。だが、そういう考えの行き着く先は、人類の滅亡でしかないのだろうか。迷宮のような世界を怖々と覗きこみ、しばらく遊んだ。

2021/11/22

陽溜まりは陽の窪みにて陽のにほひ動かぬ窪みに屈みゐるなり

永田和宏（「歌壇」二〇二一年一二月号）

「陽のにほひ」二十首より。

「陽溜まり」は、『広辞苑』では「日溜り」、『大辞林』では「日溜まり」と出てくる。日光のよくさして暖かい場所の意。「陽溜まり」「陽溜り」と表記されているのもよく目にする。

「陽」は、丘の日光の当たる側の意をあらわし、転じて、太陽の意に用いる。「陽溜まり」と書いた方が、日向や陽光のイメージ、さらには、温もりや匂いまでを含んだ言葉の感触があるように思う。

「陽溜まりは陽の窪みにて」と、ここでちょっと息を継ぐ。陽溜まりは陽の窪みであって、と。陽の溜まる所は、陽の溜まっている窪みなのだと言い直しているのである。

その証拠には、陽の匂いが動かない。窪みになっているから、そこに陽の匂いも溜まっている。「わたし」は屈んで、おそらくは「陽のにほひ」に鼻を寄せている。

一首の中に、「陽」が三つ、「窪み」が二つ。そして、「窪み」と響きの近い「屈み」が一つ。

陽溜まりは陽の窪みにて陽のにほひ動かぬ窪みに屈みゐるなり

言葉が編み物のように編まれて、響き合いながら陽溜まりの匂いと温もりを伝えてくる。地面に平たくなって、鼻を突き出している人の姿も見えてくるようだ。

いい大人になっても、人はそういうことをする。自己を解放できる時間をもてることの喜び。こんな時は、誰にも邪魔されたくない。

川の幅のかぎりを水はながれゆく十月の川十月の水
ゴンドラの歌は歌はず風の間に揺れてゐたりき夜のブランコ

「川の幅のかぎりを」とは、たっぷりとした水量の川であるようだ。「川」「水」、ともに二つずつ。下の句の「十月の川十月の水」のリフレインも美しい。

「ゴンドラの歌」とくれば、黒澤明監督作品「生きる」である。志村喬の、ブランコに座ってしみじみと歌う姿が浮かんでくる。だが、この歌では「ゴンドラの歌」は歌わないと言う。ブランコは、風の間に揺れていた。ブランコには乗ったのか、乗らなかったのか。志村喬に自らを重ねながら、映画のシーンを思い起こしていたことだけは確かだ。

「ゴンドラ」とカタカナで始まり、「ブランコ」とカタカナで終わる一首。その間に展開されている、映画の世界と現実の重なりとズレと。

2021/11/24

やせ猫の背筋のばして坐しゐしがやをら眼前をよぎりゆきたり

鈴木良明『光陰』（短歌研究社、二〇二一年）

「やせ猫の」の「の」は、同格の格助詞。「やせ猫」と「背筋のばして坐しゐし（猫）」は、同じ猫のことを言っている。やせ猫でもって、背筋をのばして坐っていたのが、おもむろに（立ち上がって）目の前を通り過ぎていった、というのである。

作者は、その一部始終の目撃者としている。

猫の、「やをら」という動き出し方。それまで何を考えていたのか分からないが、落ち着いて事を始めようとするかのようだ。思慮深く、考えた末の行動らしく、頼もしい。

しかも、ずっと見ていたこちらのことなど眼中にないかのように、目の前を通り過ぎてゆくのである。

人間などよりはるかに賢く、世の中のことが分かっているようである。


満月がぐぐつと空より迫りきて猫の目らんらん輝きはじむ

一首の前には、こういう歌も。

「ぐぐつと」と「らんらん」が劇的な展開に引き込む分、より芝居っぽい作りになっている。猫は、満月から何かの知らせを受けたのかもしれない。「やをら」に繋げると、天啓のようなものに自らがすべきことを察知したのか。物語は、静かに動き出している。

それにしても、人間は周りで起こっていることにどんどん鈍感になっているような気がする。大いなるものが語りかけてくるものをキャッチする力も、はるか先を思いながら〈今〉なすべきことを考える力も失っているとしたら、それは人類の退化ではないのか。

「核のゴミ十万年を管理する」手に負へないつてことではないの？
あかねさすニュータウンの街角に〈通報する街〉〈見てる街〉の標語
海外の悪しきニュースを流してはわが国内の悪を庇へり
光、風、小鳥のさへづり身に沁みて原初生命体のわたくし

「原初生命体」にまで戻って、人類はやり直さなければならないのかもしれない。そんな「やり直し」って、はたしてできるのか？

2021/11/26

時の流れにさからうための筋力よ鉄棒の鉄の匂いをつけて

花山周子（「現代短歌」二〇二二年№88）

「筋力　二〇二一年八月〜十月」二十四首より。

時の流れに逆らうためには筋力が要る。

コロナ禍のなかで自粛生活が続き、どうしても運動不足になりがちだ。この流れに逆らい、コロナの後も力強く生き抜いてゆくには、まずは筋力アップが必要だと思ったのか。

ジムなどに行けばお金がかかるから、近くの公園あたりで、鉄棒にぶら下がる。懸垂でもする。

鉄棒から離した手のひらを嗅げば、鉄棒の鉄の匂いが移っている。手のひらについた鉄の匂いを確認したのち、再び筋力アップに励む。

それが、今できる「明日のための、その1」だ。

リモートだ、オンラインだ、で人との接触が極端に減ったなかでは、自分の存在感もどことなく稀薄になり、自分の身体を確かめたくもなる。

「時の流れにさからうための」ボディ。

「鉄の匂いをつけて」は、そのボディ（生身の肉体）に鉄の匂いをわざわざつけているような感じだ。鉄の匂いをつけたって鉄にはなれないが、鉄のような強さを身につけたい。ちょっとやそっとでは負けないような鉄腕を手に入れたい。これから先を生きる力をつけておかねば。

草原に風を吹かせる太陽を見てみたい黒く疲労してゆく
飛行機は未確認飛行物体よりも美しく懐かしい光　夕闇に来る
向いていない向いていないと思いつつすることばかり　暗くなりゆく

長く続くコロナ禍のなかで、疲労は極点に達している。「向いていない」と思いつつすることばかりが増えて、自分が本来やりたいこととは違うことを強いられているという思い。

草原に風を吹かせる太陽を見たのはいつのことだったか。もう久しく見ていないような気がする。

コロナの前にはあんなに頻繁に飛び交っていた飛行機も見る機会が減ってしまった。未確認飛行物体なんてどうでもいい。今、夕闇を来る飛行機の、なんと美しく懐かしいことか。

暗い世界のなかで光を求め、筋トレに明日を生きる力をつけようとするあなた、「あしたのジョー」よ。

2021/11/29

放射線治療を待ちゐる父の指帽子の鍔を辿りてやまず

箕浦　勤『酒匂川越ゆ』（いりの舎、二〇二一年）

息子に付き添われて放射線治療にやってきた父。治療が始まるのを待ちながら、脱いだ帽子の鍔を指でさすっている。

いや、「さする」ではなく、「辿りてやまず」と息子は父の指の動きを見ている。落ち着かない心のさまが、その指の動きに見て取れる。初めてのことに、途方に暮れつつ歩いているかのような、父のこころもとなさが「辿りてやまず」に滲む。

膝の上においた帽子の鍔を少しずつ指で回しているのだろう。

息子は父の指の動きに目を止め、その心の内を思いやりながら、何も言わずにただ傍らに寄り添っていたのだろう。

鍔のある帽子をかぶってきたことからは、普段と違った、やや改まった父の気持ちも汲み取れる。改まったと言うよりも、身構えたと言うべきか。

「診断書に記されし文字のcancerを古き辞書繰り調べをる父」という歌もあり、自らの病が癌であることを既に知っている父である。

入り婿の故なるや父の口重く郷山形の親を語らず

すててこに丸首シャツの父なりき背広仕立てる夏の仕事場

東京は本郷追分の仕立屋であった父は、夏はすててこに丸首シャツ姿で仕事場にいたという。入り婿であったためか、口が重く、山形の親のことを語らなかったともいう。そういう父が、放射線治療を待ちながら見せている姿。たんたんとした描写だが、それを見ている息子の思いが痛いほど伝わってくる。

そして、それからの父と息子の日々。

拉麺を茹でる息子の腕前を父は怪しむ隣の部屋で
ちやうどいいと言ひつつ麺を啜る父のなくなつてゆく残りの時間
寝床に坐し吾に髪の毛刈られつつ巧いぢやないかと病む父の言ふ

病の父を支えて、拉麺を作ってやり、髪の毛を刈ってやり……。懇ろな父と息子の時間があったことが、ちょっとした父の言葉からも窺える。

2021/12/01

米寿まで生きながらへたこのからだ母より享けて母をすまはす

中道　操『人間の声』（六花書林、二〇二一年）

「米寿まで生きながらへた」という言葉に、作者の声が重なる。自らの身体を思うのである。そして、このからだは、「母より享けて母をすまはす」と。下の句は、「母」が繰り返され、母への感謝がやさしく響く。

「享けて」という表記。「授かって」の意である。母より授かったこのからだは、お陰様で米寿を迎えることができ、今なお母はわたしのこの身体の内にいるのですよ、と言うのだ。この世に生を与えてくれたこと、米寿を迎えられるほどに丈夫な身体を与えてくれたこと。長生きの寿ぎを受けながら、あらためて思われる母である。

きさらぎはわが生まれ月たらちねの母わかくして逝きましし月

続く歌では、二月の自らの誕生と若き母の死が歌われている。あるいは、出産と引き換えるように母の死があったのかもしれない。「逝きましし」の「まし」は丁寧を表す助動詞、その後の「し」は過去の助動詞。母を大切に思う気持ちが込められている。

梅雨明けを牛蒡の広葉畑にゆれ里子なりにしとほき日のたつ
里親のぢいぢと畑ですごししよ千日紅の花が咲いてた
いちじくの「いち」は乳とぞ若く逝きし母を恋ひつつ無花果を裂く

歌集のあとがきや著者略歴によれば、作者は昭和七年生まれ。津田塾大学英文科を卒業し、演劇に関わったり、教師になった時期を経て、職業を得て上京、その翌年に結婚。さまざまな国を旅し、何冊もの随筆集を出版、それによる賞も受賞している。きっと実りある豊かな人生を歩んでこられたことだろう。

そういう人にして、米寿を迎えた今「若く逝きし母を恋ひつつ」があること。随筆のように書かれたあとがきでも触れられなかったことが、歌集の終わりに作品として入れられていることに深く瞠目した。

2021/12/03

転調をかさねていずこにいたりつく尖塔が吐く無限の夕照

井辻朱美（「短歌」二〇二一年一二月号）

「ヘヴンは在ると」十首より。

少しずつ音質を変えながら高まっていく音楽。それは、空に聳え立つ音の尖塔のようである。ラヴェルの「ボレロ」を思ったが、あるいはもっと相応しい曲があるのかもしれない。

その尖塔は今、夕映えのなかにある。いや、「尖塔が吐く無限の夕照」となれば、その尖塔こそが夕照を無限に生み出しているのである。

たとえば、東京スカイツリー。そこを基点にして広がる世界の夕照（せきしょう）。その景は、世界の終わりの景なのか、祈りの先にある天国の景なのか。あるいは……。

ところで、「夕照」と言えば、仙波龍英の歌である。

夕照はしづかに展くこの谷のＰＡＲＣＯ三基を墓碑となすまで

仙波龍英『私は可愛い三月兎』（一九八五年刊）

言わずと知れた渋谷のＰＡＲＣＯ三基であったが、今では知らない人も多いことだろう。

この仙波の歌では、夕照のなかに聳え立つＰＡＲＣＯが墓碑のように歌われていた。夕映えに包まれた静かな景が、そのまま廃墟となった世界をうたっているようでもあった。

井辻の歌、どこかで仙波のこの歌と響き合っているような気がする。

一九五二年生まれの仙波。一九五五年生まれの井辻。年の差、わずか三歳。生まれ育った時代の重なり。共通のものを見ていたこともあっただろう。

一連から、もう一首。


ディグニティとは白金の糸みつめれば久遠の凧をひいて去る声

ディグニティとは、尊さ・気品・気高さ・尊厳。見えないものだ。どこかにある大切なものだが、めったに見かけることはない。それを「白金の糸」と言う。

鮮明な光沢をもち、展性・延性に富み、高温に熱しても酸化されないプラチナの糸。輝きと強靱さにおいて信頼度は抜群だ。

それをじっと見つめていると、「久遠の凧をひいて」いると言う。「久遠の凧」。無くなることなく、ずっと在りつづけるもの。普遍的なもの。

白金の糸に繋がれている久遠の凧は、希望を感じさせる。そして歌は、「声」で終わる。

ボブ・ディランに「ディグニティ」という曲がある。ずっとお蔵入りになっていたのを二〇二〇年になって発表したという。もしかしたら、作者の中にはその歌声が響いていたのかもしれない。どうかな?

2021/12/06

来る船来る船にある島なれば瀬戸内海に三千の島

足立晶子『はれひめ』（砂子屋書房、二〇二一年）

尾崎放哉の句「来る船来る船に一つの島」を元にしている。来る船ごとに一つの島があるのだから、瀬戸内海に三千の島があるのも不思議ではないね、といったところだ。それほどたくさんの船が瀬戸内海を行き交っているということでもある。「来る船来る船に」までは放哉の句をそのまま用いている。初句四音、字足らずで始まるが、「来る船」そしてまた「来る船」と、少しだけ次のを待つ感じもあって、同じ言葉の繰り返しが弾みをもって繋がっている。兵庫県川西市在住の作者。小豆島を訪れ、放哉の句を実感として受け止めたのである。

熟柿食ふおとがひまでも濡れさせてふたり黙して味はひてゐる
天気図は西高東低うつくしき曲線となる水仙を切る

熟柿は「じゅくし」と読む。よく熟した柿のこと。歯ごたえのある柿よりも、よく熟してじゅるじゅるになったのを好む人はいる。作者と、一緒に食べているもう一人も、その口らしい。「おとがひ」は、頤（おとがい）。下顎のことである。熟柿のじゅるじゅるで顎は凄いことになっている。でも、そんなことにはお構いなしに、ふたりは黙って味わっている。頤が濡れるのもまた、熟柿を味わう醍醐味とでも言うかのように。

「熟柿食ふ／おとがひまでも濡れさせて／ふたり黙して味はひてゐる」。意味で切れ目を追ってみると、こんなふうに三つになる。

後の歌も意味で切れ目を追ってみる。

「天気図は西高東低／うつくしき曲線となる／水仙を切る」と、これも三つになる。西高東低は冬型の天気図だ。等圧線が縦並びの美しい曲線を見せている。そして結句は、そこまでの内容とは直接つながらないような「水仙を切る」。場面が切り替わって、鮮やかな付けとなる。

意味で切れ目を追ったときに三つになるのは、少し長めの俳句のような趣である。短いフレーズがぱらりと。それでいて、散らばらず、ざっくりとした繋がりをもって一つの世界がつくりだされる。粘着質とは逆の、ぎゅうぎゅう詰めとは逆の、言葉の間合いと一気に転じる切れ味の良さ。さばけた言葉の運びとテンポ。この味わいが面白い。

2021/12/08

ぴんと張る布をシャーッと切り裂いた　感情のこない先の先まで

王生令子『夕暮れの瞼』（青磁社、二〇二一年）

大きな布をぴんと張り、鋏をあててシャーッと切り裂く。その時に感じる快感は、何なんだろう。一枚だったものを切り裂くという、破壊的な行為がもたらすもののせい？　シャーッという、胸のすくような音のせい？

ぴんと張った布をシャーッと切り裂く。それも「感情のこない先の先まで」。追いかけてくる感情を振り切って、その先へ逃げ切ってしまいたいかのようだ。

さまざまに心を働かせなければならないことに雁字搦めの日常を生きているのにちがいない。このままではどうしようもない。現状を打ち破り、心をリセットしたい。そんな思いがあるのかもしれない。

樹に吸われ幹をのぼってゆく水の恍惚を思う疲れた夜は

春先、芽吹きの頃の樹は、盛んに水を吸い上げ、幹に耳を当てると音が聞こえるほどだそうだ。水は樹に吸われ、一気に幹をのぼっていく。大きな力に身を委ね、上昇していくときの気分は、どんなに気持ちの良いことか。水にこころがあるなら感じているであろう恍惚感、それを思う。

疲れた夜に思うことである。自らの意思とは関わりもなく、上へ上へと引っ張り上げられる快感。自分で考えることを止め、他者に身を任せ切って恍惚となれるのなら、それを味わってみたい。そんなことを思ってしまうほどに疲れているのである。

だが、自らの疲れをそんなふうに表現できる人は、夜が明ける頃にはなんとか自力で頑張れるほどには回復しているにちがいない。

2021/12/10

こっくりと深くうつろいゆくことをもみつと言いき手をひろげたり

遠藤由季『北緯43度』（短歌研究社、二〇二一年）

「もみつ」は、「紅葉つ」「黄葉つ」。上代語で、紅葉（黄葉）するの意。平安時代以後は濁音化し、「もみづ」となった。紅葉（紅葉）のことを「もみぢ（現代仮名遣いでは「もみじ」）」というのは、「もみづ」の連用形名詞である。

「こっくりと」は、色などが地味に落ち着いて上品なさまを言う。

一首は、「こっくりと深くうつろいゆくことをもみつと言いき」と四句で切れる。終わりの「き」は過去の助動詞の終止形。こっくりと深くうつろってゆくことを昔の人は「もみつ」と言いましたよ。古い言葉のよろしさ、そういう言葉を使っていた人々のよろしさを思うのである。地味ではあっても落ち着いて上品にうつろうことは、悪いことではない。

そして結句は、「手をひろげたり」。自分の手をひろげて見るのである。そこに見る年相応のうつろい。けれども、はるか昔の人が言った「もみつ」のように、「こっくりと深くうつろいゆく」ものならば、歳を重ねることによる変化も悪くはないでしょうと思いたいのだ。

われを置き粛々と変化してゆける皮膚、髪、眼(まなこ)　四十五歳(しじゆうご)の秋

次に置かれたこの歌のほうが言いたいことがはっきりしている。

四十五歳の秋。「われ」の中身は若い頃とそんなに変わっていないつもりなのに、それを置き去りにするかのように、皮膚や髪や眼は粛々と変化してゆく。「粛々と」がなにか厳かな感じで、静かだが容赦のないさまを表している。

「手をひろげたり」は、啄木の「じっと手を見る」と似た間合いの出方ながら、「花の色はうつりにけりないたづらにわが身世にふるながめせし間に」という小野小町の嘆きに近いものだった。それでも「こっくりと深くうつろいゆく」ものならば……。

2021/12/13

身悶えの果てに緋色の糸を吐き出して妖しきははそはのひと

小佐野　彈『銀河一族』（短歌研究社、二〇二一年）

「ははそはの」は「柞葉の」で、「母」にかかる枕詞。かかるはずの「母」は無いが、「ははそはのひと」で母を表している。直接「母」と言うより、「ははそはのひと」には対象として見る距離があるようだ。

「ははそはのひと」は、なにか苦痛を感じるようなことがあったのか、身悶えの果てに緋色の糸を吐き出す。その姿が、なんともなまめかしくも妖しい。そんなふうに子の目に映っている。

身悶えの果てに吐き出した緋色の糸とは、妖艶なる色香のビジュアル化か。性的魅力に満ちた母親の、圧倒的に美しい姿。それを少し離れたところから眺めている息子。華麗なるイラストが描けそうである。

繭をつくる前の蚕は、首を上げて動きを止め、身体全体が透けるような色になる。ずっと昔、そうなった蚕を誤って踏みつぶしてしまったことがあるが、中から粘膜につつまれた糸の束が出てきた。すでに蚕の内側には繭をつくるための糸が整っていて、次に動き出すときには、その糸をただひと筋に吐きつつ自らの体を包み込んでゆくのだ。体の内にあったものを吐き出して、それで体を包み込む。さらに、包み込まれた体はサナギになり、羽化の準備がなされてゆく。なんという営為！「ははそはのひと」の見せている姿も、糸を吐く蚕の大変身を思わせる。しかも、「緋色の糸」とは！　いのちを絞り出したかのような色合いである。
「緋色の糸を／吐き出して」と読めば、すっと読めてしまうが、「身悶えの／果てに緋色の／糸を吐き／出して妖しき／ははそはのひと」と五・七・五・七・七で切ると、「吐き出して」とはなっていない。「糸を吐き／出して妖しき」となり、ちょっとしたシンコペーションが生じている。「出す」ということが「妖しき」のもとになっているようにも読める。

この母にしてこの子ありわが胸の奥にもあらむ　糸の泉が

圧倒的な魅力を放つ母親の前に、息子は如何ばかりと思えば、全く心配には及ばない。「この母にしてこの子あり」だという。自らの胸の奥にも、「ははそはのひと」が持っているものがあることを確信しているようである。

2021/12/15

加速して高速道路へなじむとき時はゆったり時だけをする

岡野大嗣『音楽』（ナナロク社、二〇二一年）

高速道路の入口から入って、高速道路に乗るときは一気に加速する。「加速して高速道路へ」は、その時のこと。「高速道路へ」の「へ」という方向を示す助詞が、スピードを上げて向かっていく感じ。

乗ってしまえば、その速度を保ちつつ車を走らせる。しばらく走っていると、高速で走っていることを忘れてしまうくらいになる。なにも考えなくても快調に車は進む。頭の中が真空になったような感じ。「時はゆったり時だけをする」とは、その感じを言うのだろう。時間の感覚が再認識される。

高速道路になじむ。スピードに馴染み、運転している者は余計なことを考える必要がなくなる。無の境地になる。神経はそれなりに緊張させているのだけれど。

丁寧に言えば「加速して高速道路へ、やがて高速道路になじむとき」ということなのだろうが、「加速して高速道路へなじむとき」と助詞の「へ」から「に」の変化がすっ飛ばされた感じである。そこには、ちょっと違和感をもつ。

しかし、「加速して高速道路になじむとき」では加速のスピード感が伝わらず、ここはやはり「加速して高速道路へなじむとき」の方が良さそうだ。読者に〝おやっ？〟と思わせるのも、ひとつのテクニックではある。

交差点の小雨を夜に光らせて市役所前のうつくしい右折

交差点にいるのだな、夜で小雨が降っているのだな、そこは市役所前なのか、と思っていると、「うつくしい右折」である。結句まで来て、車を運転していることが分かるという仕掛け。やられた！　という感じだ。

「小雨を夜に光らせて」という表現も詩的で洒落ている。「うつくしい右折」とまで言わなくてもと普通なら思うところだが、最後に置いたことで鮮やかな完結となった。

2021/12/17

一葉を地より拾ひて手渡せばそのひとひらはすでに恋文

三留ひと美『美しき箟』（現代短歌社、二〇二一年）

地面に落ちていた一枚の葉を拾って、誰かに手渡す。その時、その一枚の葉は、すでに恋文なのだという。

どんなにささやかなものであっても、手渡すという行為の中にある、相手への愛。愛と言っては少し照れくさい。相手を思うこころ、とでも言おうか。

手渡したものが一枚の葉であれば、その葉は「すでに恋文」であるということに妙に納得する。いつだったか、私が摘み取ったばかりのアララギの実をそっと差し出したのもささやかなギフト、今から思えば恋文であったのかもしれない。

「一葉」と出されたものが、下の句では「そのひとひら」と抱え直され、「すでに恋文」とさらりと終わる。「恋文」という古めかしい表現も、ここでは床(ゆか)しい。よろしきものは、時代を超えて伝わっていく。

秋薔薇が見ごろと伝へそれとなく君をさそひてたそがれどきは

この歌では、「秋薔薇が見ごろ」という言葉が手渡されている。それは、それとなく君を誘う言葉であって、相手がそれに気づいてくれるのかどうかは分からない。でも、こちらからはあからさまではない表現で思いを伝えたのである。

秋のたそがれどき。人の恋しくなる季節でもある。「秋薔薇が見ごろと伝へ」に始まって、「それとなく君をさそひてたそがれどきは」とつづく言葉の流れがまた心憎い。人のこころの機微を心得ている作者であるにちがいない。

話しかけないことが何だかいいやうで耳川（みみがは）にかかる橋を行き過ぐ
ゆくりなく冬の風鈴なりはじめしづまる部屋に貫入を生む
大空へ発ちたる鳥は目に見えぬほどの躾（しつけ）の糸を引きゆく

「話しかけないことが何だかいいやうで」、「ゆくりなく……なりはじめ」、「目に見えぬほどの躾（しつけ）の糸を」。

これらの歌も、こころの深いところで思ったり、聞いたり、見たりしながら、周囲としずかに繋がっていて、思いがけないような広がりを感じさせてくれる。

2021/12/20

韓国と日本どっちが好きですか聞きくるあなたが好きだと答える

カン・ハンナ『まだまだです』（角川書店、二〇一九年）

作者は、一九八一年ソウル生まれ。二〇一一年に来日し、歌集出版の時点で横浜国立大学大学院都市イノベーション学府博士後期課程に在学中。ホリプロに所属し、タレントとしても活躍中。（著者略歴による）

日本語を知らず、知り合いさえいない日本に来て四年、短歌を始めて二年半というときに角川短歌賞に応募して佳作に入賞した。本人はそのことを「短歌との運命を感じました」と歌集のあとがきに書いている。

短歌との出会いは、新海誠監督のアニメーション映画『言の葉の庭』の中に出てきた万葉集。「鳴る神の少し響みてさし曇り雨も降らぬか君を留めむ」に涙が止まらなくなり、たった三十一文字だけなのにこんなに人の心を動かす力に衝撃を受け、そこから万葉集を買って読み始めたのだと言う。（これも歌集のあとがきによる）

きっかけとなったのがアニメ映画というのは〈今〉っぽいが、その先がいきなり万葉集である。そして、そこから自分で短歌を作りはじめ、二年半後には大きな賞に応募して佳作になるなんて、この人の才能は計り知れない。

さて、ここで取り上げた一首。

「韓国と日本どっちが好きですか」は、よく周囲の日本人がしてくる問いかけなのかもしれない。聞かれた方は、どう答えていいものかと困ってしまうことだろう。デリカシーのない愚問とも言える。

しかし、聞かれた本人は、そういうことを聞いてくる「あなたが好きだ」と答える。上手な切り返し。聡明さが窺える。

相手を拒んだり否定するのではなく、受け容れた上で相手を傷つけないように応じる。察しの良い人ならば、自分の発した問いかけの愚かさに気づくことだろう。

日韓の論百枚を書きはじめ始める私の本当の愛

「書きはじめ」「始める」という言葉の継ぎ方の巧さにまず目がいく。それから内容へ。日韓双方の歴史や文化、その違いや類似点等々。それを書くことは、より深く双方を知ることだ。そして、その先にこそ「私の本当の愛」と言えるものがある。この歌に籠められた力強い宣言の響き。実に頼もしい。

2021/12/22

食卓に林檎の時間うごきゐむ人の不在を澄みゆきながら

服部みき子『シンクレール』（六花書林、二〇二〇年）

ここにいるべき人がいない。そのひっそりとした寂しさ。食卓に置かれた林檎は、赤い塊をなしつつ追熟の香りを放っているのかもしれない。林檎の中で、たしかに林檎の時間が動いている。

「林檎の時間うごきゐむ」、終わりの「む」は推量の助動詞。林檎の時間が動いているだろう、と推量する作者。そこに、「人の不在を澄みゆきながら」と続けている。

「人の不在に澄みゆきながら」ではなく、「人の不在を」としているところ。この助詞「を」の働きによって、「人の不在」ということが強く印象づけられる。ここにいるべき人がいないという、どうしようもなさ。それを静かに受け止めていることが、「澄みゆきながら」という表現に窺える。

林檎の時間に自分自身の時間が重なってくる。自己客観が、林檎の時間を言うことで果たされたのかもしれない。

ゆつくりと春近づきて東京の君の不在を包む夕焼け

こちらの歌は、ゆっくりと春が近づいている頃の、東京の夕焼けである。「東京の」と「夕焼け」の間に挟まれた「君の不在を包む」。

この東京の夕焼けは、「君の不在」を包むものとして存在している。つまり、夕焼けを見ながら、ここにはいない「君」を思っている。

目の前にあるもの、見えているものが、いないもの、見えないものを包んでいる。そして、心を占めているのは、目の前にいないもの、見えないものの方なのである。

長崎の夜が受話器にながれ来るここにゐるより近くきみ居て

声に出だせば消えなむほどの夕星を指につたへて吊り橋のうへ

2021/12/24

欲しきもの問はれて歌のほかなにも望みたまはず　忘れずあらむ

古谷智子『ベイビーズ・ブレス』（ながらみ書房、二〇二一年）

二〇一六年十一月十九日に他界した稲葉京子への挽歌。

欲しいものを聞かれた稲葉さんは、歌以外は何も望まなかったと言う。「望みたまはず」という敬語表現に作者の敬慕の念が示されている。

稲葉さんのことを詠っている四句目までに対し、結句の「忘れずあらむ」は作者の思いである。終わりの「む」は意志の助動詞で、忘れずにいよう、と言うのだ。一字アキにしたことで、ぐっと思いの籠もった結句になっている。

同じ結社に所属する先輩歌人というだけでなく、歌ひと筋に生きた、そのストイックなまでの姿勢にこそ、作者の敬慕の念はあるのだろう。「忘れずあらむ」には、作者自身の作歌に対する覚悟の響きもあるようだ。

霞草をベイビーズ・ブレスと詠み給ひし師のこゑこぼるるつややかな種

この歌は、作者の師である春日井建を追慕した歌。

春日井の「しろき息ふはふは飛ぶか赤ん坊の溜息（ベイビーズ・ブレス）と呼ばふ霞草の束」（『井泉』）を元にし、師の声を「つややかな種」と詠む。「つややかな種」を受け取った作者は、それを発芽させ、茂らせ、新たな花を咲かせてゆくのだろう。

死者もまた甦るべしベイビーズ・ブレス芽吹く地ほのかなみどり

「ベイビーズ・ブレス」が三句から四句へ跨がってゆき、四句目の「ブレス芽吹く地」が、息の芽吹きを、死者の声が甦るのを鮮烈に印象づける。

人が死んでも残るもの、受け継がれてゆくもののあること。

結社に所属するということは、師と仰ぐ人や尊敬する先輩歌人が零していった「つややかな種」を育んでゆくことでもあろうか。脈々と繋がっていくものの尊さを思った。

2021/12/27

働くは自己実現といいさして／否、生きていく技術とおもう

奥田亡羊『花』（砂子屋書房、二〇二一年）
※作品は二行分かち書き。／以下が二行目になる。

作者が高校生自立支援の相談員として、埼玉県北部の定時制高校をまわっていた頃の歌。自立支援の相談とは、具体的には就職相談であったようだ。

「働くは自己実現」と言いかけて止め、いや、そうじゃない、「生きていく技術」と思う。実際に相談に来た定時制高校の生徒たちを目の前にして、「働くのは自己実現のため」などという自立支援のマニュアルにでも書いてありそうなことを言っても意味はないと思ったのだろう。もっと現実に即した言葉で彼らに向き合おうとするとき、浮かんできた言葉が「生きていく技術」であった。

懸命に自らの力で生きようとしている生徒たちの前では、向き合う大人のほうが試されることになる。

カミラ、ロン、オク、マクジムス、名を呼べば
森に始まる物語めく

この歌には、「外国名の生徒が多い」という詞書がある。定時制高校に見る、現代の縮図でもあろうか。

それにつづく歌は、次のようなもの。

声低き者に交じりて生きゆくは
羊歯をかかぐる歩みに似たり

「森に始まる物語めく」を受けての、「羊歯をかかぐる歩み」である。光の充分とどかない森の中で、声を響かせることのできない者たちとともに、生い茂る下草を掻き分けて進んでゆく。先導する者の目印にと掲げる羊歯だ。それは生い茂る草に紛れてしまうような頼りなさではあるけれど、それが今の自分にできることであり、それを精一杯にやるしかない。

あとがきには、「彼らは誰もが規格外で、漫画ばかり描いている者、鹿の解体の仕方を丁寧に説明してくれる者、なかにはラーメン屋を経営していて、私の何倍もの収入を得ている者もいた。こちらが生き方を教えてもらうようで、彼らに会うのはとても楽しかった。」と書かれている。

その後、この仕事から離れてからも折に触れ、あのときの高校生たちのことが思い出されると言う。作者が体験したことは、これからの仕事にもいつか必ず活かされていくことだろう。

作品の表記は、二行分かち書き。読みやすさに配慮した結果だという。

2021/12/29

仕事にいく途中に柿の木があって実がなっているいつ見たときも

永井　祐『広い世界と2や8や7』(左右社、二〇二〇年)

「仕事にいく途中に柿の木があって実がなっている」と、四句目までは実にたんたんと通勤途上の景を描写しているように見える。頷きながら読んでいると、結句に来て「いつ見たときも」である。いつ見たときも、ってどういうこと？　ありえないでしょ。

柿の木は落葉樹だ。冬の間すっかり葉を落としていたのが春になって芽吹き、若葉から青葉になる頃に目立たない花を咲かせ、やがて青い実をつける。その実が秋になると色づいて食べ頃を迎え、そしてまた葉が落ちて裸木になる。柿の木は、そうしたサイクルの中で生きている。

それにもかかわらず、「いつ見たときも実がなっている」とはどういうことか。

うーん、と考えた末の答えは、柿の実がなっていると気づいたとき以外は、たとえ見えていても見てはいないということだ。おそらく柿の実が色づいて初めて、通勤途上に柿の木があったことに意識がいく。それ以外の時期には、気にすることもなく素通り。脇目も振らず仕事場に向かっているというわけではないにしても、だいたいは何か目を引くようなことがあってようやく意識の中に入ってくるものだ。出来事としては、ごく普通のこと。そんなに不思議なことではないが、意識化の仕組みにハッとさせられる。

「仕事にいく」という、この表現にも注目した。

仕事してするどくなった感覚をレールの線に合わせてのばす
五月の夜にあいていたのはマックだけ　ポテトを食べながら仕事する

仕事の具体は分からない。その仕事をしていると、感覚がするどくなっていくこと。夜間にまで及ぶこともある仕事だが、マクドナルドでポテトを食べながらでもやろうと思えばできること。歌から見えてくるのはそれくらいだ。

とにかく忙しそうだ。しかし、具体的な情報を盛り込まず、「仕事」としか表現しないところに、作者の仕事に対するスタンスを感じる。

きっとこのまま年を越すけどエアコンの風に吹かれて歯をみがいてる
大晦日はまだ半日も残っていて英語の辞書をながめてすごす

この二〇二一年の大晦日はいかに過ごされているだろうか。

2021/12/31

おわりに

二〇二一年、一年間にわたり砂子屋書房のホームページ上にある「日々のクオリア――一首鑑賞」を担当させていただいた。私の担当は、月・水・金。火・木・土を永井祐氏が担当された。親子ほどの年齢差がある相方にも刺激を受けながら、ほぼ一日おきの投稿は大変だったが、なんとか最後まで走りきることができた。

取り上げる作品は二〇一九年から二〇二一年の間に発行された歌集、及び雑誌等に発表されたものから選ぶことにした。終わってみれば、一五六名の一首鑑賞となった。それは、短歌という表現に繋がり同時代を生きている人たちを身近に感じることでもあった。

まだコロナ禍の影響がなかった二〇一九年、二〇二〇年の途中からはコロナ禍の影響が出始め、二〇二一年はまるまるコロナ禍の中にあった。コロナ禍の中にあって、作品の読みもそれと無関係というわけにはいかない。だが、それも含めて、二〇二一年という年に、こういう機会に恵まれたことに心から感謝している。

今までこんなに歌集を読んだ年はなかったような気がする。ほとんど家の中に籠もっていたにもかかわらず、いつになくたくさんの出会いがあった。いろいろな世代からの声を聞くことができたことは嬉しいことだった。そして、自分自身が今まで短歌を手放さずにきた理由もあらためて確認できたように思う。

二〇二二年二月

久我　田鶴子

＊執筆後、二〇二一年六月六日に許田肇氏が、二〇二二年に入ってから小川佳世子氏がご逝去されました。謹んで、ご冥福をお祈りいたします。

ま行

や行

わ行

さ行

た行

な行

は行

索引（人名『歌集名』）

あ 行

か行

著者略歴

久我田鶴子（くが・たづこ）

1955年　千葉県九十九里町生まれ

1978年　國學院大學文学部国文科卒業

高校教師となる（30年在職）

大学在学中に作歌をはじめ、「地中海」入社。

小野茂樹の作った「羊グループ」に所属。

現在、「地中海」編集人。

歌集に『転生前夜』、『ものがたりせよ』、『雨を見上げる』『菜種梅雨』(日本歌人クラブ賞)、『雀の帷子』他。

歌書に『雲の製法――小野茂樹ノート』がある。

短歌の〈今〉を読む
――2021年、コロナの日々に

2022年５月21日　初版発行
2022年12月６日　再版発行

著　者　久我田鶴子
発行者　田村雅之
印刷所　長野印刷商工㈱
製本所　渋谷文泉閣

発行所　東京都千代田区内神田3-4-7　砂子屋書房